Tinha que ser comigo?

Manuel Filho

Ilustrações: Camila Sampaio

10ª impressão

PANDA BOOKS

© Manuel Filho

Direção editorial
Marcelo Duarte
Patth Pachas
Tatiana Fulas

Gerente editorial
Vanessa Sayuri Sawada

Assistentes editoriais
Henrique Torres
Laís Cerullo

Assistente de arte
Samantha Culceag

Projeto gráfico e diagramação
Camila Sampaio

Capa
Daniel Argento

Preparação
Tuca Faria

Revisão
Carmen T. S. Costa

Colaboração
Caroline dos Santos Cornetta
Juliana Garcia
Shirley Souza

Impressão
Loyola

CIP – BRASIL. CATALOGAÇÃO NA FONTE
SINDICATO NACIONAL DOS EDITORES DE LIVROS, RJ

Manuel Filho, 1968-
Tinha que ser comigo?/ Manuel Filho. – São Paulo: Panda Books, 2012. 104 pp.

ISBN: 978-85-7888-201-3

1. Assédio – Literatura infantojuvenil. 2. Literatura infantojuvenil. I. Título.

12-0140   CDD: 028.5
                 CDU: 087.5

2025
Todos os direitos reservados à Panda Books.
Um selo da Editora Original Ltda.
Rua Henrique Schaumann, 286, cj. 41
05413-010 – São Paulo – SP
Tel./Fax: (11) 3088-8444
edoriginal@pandabooks.com.br
www.pandabooks.com.br
Visite nosso Facebook, Instagram e Twitter.

FSC
MISTO
Papel | Apoiando o manejo florestal responsável
FSC® C008008

Nenhuma parte desta publicação poderá ser reproduzida por qualquer meio ou forma sem a prévia autorização da Editora Original Ltda. A violação dos direitos autorais é crime estabelecido na Lei nº 9.610/98 e punido pelo artigo 184 do Código Penal.

Para a Bela, Lippy, Dino, Vitória, Zeus e Mari.

SUMÁRIO

Meu último jantar... Em paz 6
Como foi o meu primeiro dia 8
O que a Valkíria fez no primeiro dia 11
A turma dos esquisitos 14
Saí para ficar contente, mas... 18
Boletim urgente 23
Aumentaram os esquisitos 26
Problema à vista 29
Teclando com a prima 30
Vivendo e aprendendo 33
Pensando nele 36
No intervalo, eu liguei pra Solange 38
O que a Valkíria fez? 39
O que a Valkíria fez de verdade! (eu acho) 39
Nunca fizeram uma coisa tão horrível comigo! 40
A Solange faz uma bobagem 42
Mais um problema! E dos grandes 47
Eu não estou sozinha no mundo! 48
Entrando em contato 51
O Fábio veio falar comigo! 53
Ir ou não ir, eis a questão 54
DJ? 57
Abandono 58
Na festa 58
O inesperado esperado 62

Tudo tem um preço 65
O que aconteceu comigo 67
Minha prima... 67
Minha melhor amiga... 67
Não confio em mais ninguém 68
Meu melhor amigo 70
Uma nova vida 73
Está difícil 75
Uma decepção 75
Serviu para alguma coisa 76
O que aconteceu comigo? 76
Depois do que aconteceu comigo 78
Contente 79
Não estou contente 79
Piorou 79
Remorso 80
Volta das férias 81
Flagra! 84
A tal da ajuda 86
Ela precisava saber 89
Abrindo o coração 92
Algumas mudanças 94
Mais uma bomba! 98
Vai abrir a cortina! 100
Estou feliz? 100
E agora? 101

O autor 104

MEU ÚLTIMO JANTAR... EM PAZ

– Júlia, vem jantar!
"É tudo o que uma gorda quer:
Jantar,
Comer,
Repetir o jantar,
Ficar mais gorda,
Aguentar gozação,
Perder todos os amigos,
Ficar feia."
Quando minha mãe me chamou, tudo isso me passou pela cabeça. É desse jeito que a Valkíria pensa que eu sou, e a última coisa que quero na VIDA é lembrar dessa chata na hora do meu jantar.

Quase perdi a fome, mas não consigo resistir a tanta comida boa que sempre tem em casa.

Se as aulas não fossem recomeçar amanhã, tenho certeza de que eu estaria mais tranquila, mas...

Estou com medo.

Minhas mãos estão geladas. Até pensei que estivesse frio, mas não é isso. Sou eu mesma.

Será que se eu colocar uma blusa minha mãe vai achar que estou doente e me deixará ficar em casa? Não! Tenho de pensar que este ano vai ser melhor. Sim, com certeza! Ouvi dizer que a Valkíria ia pedir transferência de colégio. Era a principal conversa no fim do ano passado. Eu estava desesperada para saber dos detalhes, mas não consegui ter certeza de nada até agora. TOMARA QUE ELA TENHA IDO EMBORA! Se isso acontecer, será o maior evento da minha vida! Aliás, não consigo imaginar jeito melhor de começar o meu diário.

"A VALKÍRIA NÃO ESTÁ MAIS NA MINHA ESCOLA."

A Sandra, minha prima querida, que também é minha única e melhor amiga, me disse que, quando eu não tiver com quem conversar ou me sentir muito sozinha, devo escrever... É melhor do que bater, xingar, ficar nervosa, ou chorar. Em vez de fazer tudo isso, eu poderia desabafar num diário de papel, na net, onde desse, mas que o bom seria botar tudo para fora. Até me deu um caderno de capa dura, amarelo, pra começar.

Se a Sandra não morasse tão longe, tenho certeza de que a gente não ia se encontrar somente nas férias, quando eu posso ir para a casa dela, que fica numa praia linda. Eu gosto muuuuuito da San. Ela é bem magrinha e não liga que eu seja assim, mais cheiinha. A prima nem acha que sou gorda, mas a Valkíria acha...

O jeito é fazer o meu jantar durar um tempão; assim o dia de amanhã demora a chegar e também a hora em que vou ter de...

Não, hoje eu não vou chorar!

COMO FOI O MEU PRIMEIRO DIA

Foi horrível, pior do que eu pensava. Sou OBRIGADA a começar assim no meu caderno amarelo de capa dura.

ESTOU MUITO TRISTE.

Pronto, escrevi! Agora é oficial, tenho o meu diário. Queria mesmo era conversar com a San, mas isso vai ser sempre muito difícil. Pena que meus tios não a deixam ficar no celular mais do que uma hora por dia, e, para piorar, nunca vi uma garota curtir fazer tanta coisa ao mesmo tempo: aulas de balé, natação, música, inglês...
É, não tem jeito, vou ter de escrever aqui mesmo, mas quero começar do começo, bem do comecinho...

23 de janeiro

Fim das férias! Quando eu era bem pequena, ficava morrendo de preguiça de voltar para a escola. Sim, porque sempre passava minhas férias com os meus primos no interior e me divertia bastante; isso antes de a Sandra se mudar para a praia. Agora eu vou sempre para a casa dela. O sítio da minha avó era o quartel-general da turma. Não era muito grande, mas lá eu me sentia livre e feliz. Pensando agora, acho que nunca me senti tão contente na minha vida. Todo dia tinha bolo, eu ADORAVA a comida da minha avó, e ela sempre queria que a gente comesse bem e de TUDO. Mas, sei lá, a gente brincava tanto de correr, de esconde-esconde, que a balança AINDA não era uma questão na minha vida.

Quando retornava para o meu apartamento não havia todas aquelas brincadeiras, claro, mas eu continuava comendo e pedindo para a minha mãe fazer os bolos da minha avó... E engordei. Comecei a perceber que algumas pessoas gostam de colocar apelido em quem é gordinho. Não sei qual é a graça.

Na minha casa todo mundo é meio cheiinho, então, nunca achei isso muito estranho; porém, na escola, as outras crianças achavam.

Naquela época eu até contava pra minha mãe que tinham me xingado de baleia, o apelido mais comum, e ela dizia que eu não era gorda, era normal, que estava em fase de crescimento e aquilo ia passar.

    Não só não passou como piorou. Eu não entendia por que alguns alunos gostavam de implicar comigo. Mas o pior de tudo é que ninguém me defendia. O pessoal até gostava de rir das piadinhas que faziam contra mim. Eu não via a menor graça e até chorava de vez em quando. Também cheguei a dar alguns empurrões...

    Com o tempo, a D, outra antipática da minha escola, me "promoveu" de baleia para rolha de poço.

    Depois veio a T, amiga da D, que achou engraçadíssimos aqueles apelidos e inventou mais um, PANCINHA, que eu sempre achei muito idiota. Essas duas são TÃO idiotas que nem vou sujar você com o nome delas. Garotas sem personalidade, só sabem fazer o que a... Bem...

    Um dia o desastre aconteceu! A Valkíria veio para a minha escola, e os meus dias nunca mais foram os mesmos. Ela implicou comigo de cara. A D e a T pareciam meio desorganizadas, me enchiam e paravam. A Valkíria se tornou uma espécie de líder: era a mais bonita, sorridente, se vestia bem. Quem fosse diferente dela não prestava. Logo, ela passou a ser admirada por aquelas duas idiotas, que começaram a fazer tudo o que "a chefa" delas mandava, ou seja, me humilhar sempre que possível.

    Eu também não queria te sujar com o nome da Valkíria, mas a San me aconselhou a escrever porque é uma maneira de torná-la uma pessoa comum. Se eu ficasse abreviando, era como se precisasse fugir dela por aqui também, e isso NÃO VAI ACONTECER. A bruxa vai ter nome, sobrenome e até vassoura!

Agora, de volta ao presente!

O QUE A VALKÍRIA FEZ NO PRIMEIRO DIA.

24 de janeiro

Eu pensei que fosse te chamar de "querido diário", mas acho isso meio infantil demais, então vou pensar que estou sempre escrevendo para a Sandra, pois ela é a única pessoa que eu deixaria colocar as mãos em você.

San,

Primeiro dia é sempre meio esquisito, não é? O pessoal se encontra, diz que estava morrendo de saudade, como se tivessem perdido o contato durante aquele tempo. Tá bom! Até EU recebi uma mensagem com a foto de uma garota que tinha ido para o exterior. Acho que ela só quis causar inveja, enfim...

Eu disse um oi aqui, outro oi ali, mas o que queria mesmo era saber se a Valkíria estava na escola. Fiquei andando pelo pátio como quem não quer nada, quando, de repente, vi a T saindo do banheiro. Senti um leve arrepio. Logo atrás dela surgiu a D, e as duas ficaram conversando, não tinham me visto. Estavam como sempre, não tinham mudado nada: magras como dois palitos.

Fiquei aliviada. As duas estavam sozinhas. Com elas eu sabia como lidar. Até que era fácil ignorar as provocações mais sem graça do mundo. Eu estava quase ficando feliz, quando ELA saiu do banheiro.

Aí, gelei mesmo! Toda a minha esperança de ter um ano tranquilo acabou naquele momento. Virei-me imediatamente e fugi para o lado oposto, quando, de repente, ouvi meu nome!

– Júlia!!!

E, mais rápido ainda, a gangue – é assim que vou chamá-las, tá, San? – apareceu na minha frente.

– Nossa! Você não mudou nadinha – disse a Valkíria com aquela vozinha aguda e irritante que, não sei por quê, os meninos parecem adorar. – Não é, meninas?

A D e a T cochicharam alguma coisa e deram um risinho. Para mim aquilo já indicou um montão de coisas.

– Descobri uma loja incrível, vocês precisam conhecer – continuou a "vozinha" para as amiguinhas dela. – Até você, Júlia. É só emagrecer um pouco,

porque lá eles não vendem o seu número; só tem assim, para gente normal.
Queria saber o que é que ela pensa que é "normal". Para mim é estar viva e, se der, não ser idiota. Acho que deveria ter dito aquilo para elas, mas, não sei, só consigo descobrir o que responder para as provocações que me fazem um tempinho depois, quando a maior parte da raiva já passou.
Bem... Creio que não ia adiantar muito. As duas vezes que eu dei uma resposta na hora certa a gangue me olhou com cara de surpresa e começou a rir. Depois, saíram todas andando agarradas como se fossem as melhores amigas do mundo. Resolvi ficar quieta desde então.
San, é isso, acho que este ano vou precisar da sua amizade mais do que nunca. Pena que você não responde quando eu escrevo; garanto que ia me dizer um montão de coisas bacanas.
Ainda bem que o Pitoco está aqui comigo. Depois de você, meu cachorrinho é quem mais me entende.
Fim do primeiro dia. Tenho lição para fazer, vou parar de escrever aqui, mas vou continuar, no meu caderno.
Tema? Adivinha!
"Como foram as suas férias?"
Acho que eu poderia resumir numa frase bem pequena: "ÓTIMAS, pena que acabaram."
Eu teria um monte de coisas MARAVILHOSAS para escrever, mas só de pensar que vai começar tudo de

novo na escola... Acho que vou deixar assim mesmo; vou ganhar zero, mas, pelo menos, disse a verdade.

A TURMA DOS ESQUISITOS

25 de janeiro

San, nada mudou. Mesmo!
Vou TER de te falar do Evandro. Ele até que é um cara legal, mas o tique nervoso dele me dá aflição. Quando o Evandro conversa com você, fica apertando os olhos. Sei lá, é tão estranho. Para ajudar, o garoto resolveu se sentar do meu lado na sala de aula.
E não sou só eu que me sinto assim, é quase a classe toda. A Valkíria e a turminha dela não dão muita bola para ele, é como se não existisse, mas os meninos... ah, esses não perdoam de jeito nenhum.
Sempre tem um engraçadinho que atira bolinha de papel na cabeça dele. O Evandro fica enfurecido. Quando isso acontece, ele olha para trás e procura quem fez aquilo. O tique fica mais forte ainda. Os moleques disfarçam, fingem que estão copiando alguma coisa, mas é só ele se virar e pronto! Atiram de novo. O Evandro já tentou de tudo: reclamar, brigar, xingar, mas não adianta. Quanto mais ele reage, mais os meninos provocam.

Até sei quem faz isso, mas prefiro ficar na minha, pois já tenho meus próprios problemas. Uma vez, os moleques acertaram em mim a bolinha de papel, e eu sabia exatamente quem havia feito aquilo: o Roger, o namorado de você sabe quem... Até pensei que tinha sido aquela idiota que havia mandado, mas não, o alvo era mesmo o Evandro.

Eu ignorei.

Tem horas que tenho realmente vontade de contar tudo para o Evandro, mas não tenho coragem.

Será que eu não estou sendo amiga dele de verdade? Às vezes, acho que deveria fazer alguma coisa, porque, afinal de contas, só ele aceita fazer trabalho comigo.

EU ODEIO QUANDO A PROFESSORA MANDA A GENTE FAZER TRABALHO EM GRUPO!

Nossa, sinto até calafrio. Morro de medo de pedir para entrar em algum grupo e ter de ouvir, de novo, coisas como "Ai, a gente já tinha combinado de fazer só com a gente mesmo", "Ai, nosso grupo já está completo", "Ai, fica para o próximo".

O Carlinhos é o CDF da turma, ele também sofre algumas gozações, mas o pessoal pega leve, porque todo o mundo acaba precisando dele: nota boa garantida.

Como não sou a mais bonita, nem a mais popular e muito menos a melhor aluna em qualquer coisa, adivinhe!

Meu parceiro de trabalho é sempre o Evandro. Quando dá, peço para a professora me deixar fazer sozinha; quando não, nos juntamos, que remédio? Aí, o que eu faço é o seguinte: divido o trabalho e cada um faz a sua parte. Acho melhor, assim não preciso ficar muito tempo junto dele.

Claro que a Valkíria inventou um apelido para o "meu grupo": os Esquisitos.

Ela é suuuuuupercriativa, não é? Eu não entendo por que essa menina sempre quer ser uma idiota.

Uma vez, eu e o Evandro tivemos de apresentar um trabalho para a classe. O nosso grupo ia ser o primeiro. Antes de o professor chegar, nós ficamos repassando algumas informações do lado de fora da sala. Quando vimos que ele se aproximava, entramos e, adivinhe só, estava escrito na lousa:

"Não percam hoje, única apresentação: A TURMA DOS ESQUISITOS."

Para piorar, o Evandro é bem magro (parece que todo o mundo é magro, só eu que sou gorda), e isso também já foi motivo de piada: que a gente fazia um casal realmente esquisito; que se tivéssemos filhos, eles seriam esquisitos; que enquanto ele pisca eu não consigo fechar os olhos porque eles são gordos; enfim... Em vez de brigar, tratei de apagar para o professor não ver, mas acho que deveria ter feito exatamente o contrário. Talvez ele tivesse dado um castigo em quem escreveu aquilo.

Desde então, quando eu e o Evandro precisamos nos apresentar, a turminha da Valkíria e do Roger ficam fazendo caretas e barulhos estranhos. Fazem até questão de nos aplaudir fingindo que têm algum problema de coordenação motora.

Tá, nem todos são tão idiotas, mas ninguém faz nada pra ajudar a gente. Eu tinha umas amigas na escola, mas ou elas mudaram de colégio ou de sala, e acabamos nos afastando. O pior é que — ISSO EU JÁ PERCEBI —, quando estou sendo provocada, ninguém vem me defender, todo o mundo ignora. Acho que eles pensam que vai acontecer com eles o mesmo que acontece comigo. Converso só com uma ou duas pessoas e, mesmo assim, coisas bem bobas.

Acho que, no fim, o Evandro se dá melhor do que eu. Ele é meio nerd, e acaba conseguindo se envolver com outros moleques que gostam das mesmas coisas que ele. Nunca fica sozinho nos intervalos: está sempre trocando figurinha, vendo revistas de games, qualquer coisa.

San, agora eu vou ter que te deixar aqui na minha cama, mas depois eu continuo.
Vou jantar porque minha mãe fez a minha sobremesa favorita: pudim de leite com coco.
Tchau!

SAÍ PARA FICAR CONTENTE, MAS...

5 de fevereiro

San, hoje eu estou muito triste.
Sem vontade de escrever, não sei se consigo encontrar as palavras certas para dizer como estou me sentindo.
É tão difícil...

Demorei um pouco para voltar... Não sabia muito bem o que escrever, de verdade, mas agora melhorei um pouquinho.

Acho que a San de verdade sabia o que estava fazendo quando me deu você. Mesmo quando não tenho nada na cabeça, estou triste, ou alegre, lembro que tenho uma saída, posso vir aqui, escrever uma frase, um poema, colar uma foto ou simplesmente te contar alguma coisa legal.

Hoje é sábado, e minha mãe quis me fazer uma surpresa porque acho que ela percebeu que ando meio triste. Quer dizer, não tenho certeza, porque para os meus pais eu estou sempre do mesmo jeito, quieta, no meu canto, e até me criticam por isso. Eles não me entendem, então prefiro ficar quieta. Até já tentei iniciar uma conversa e dizer que na escola tem umas meninas implicantes, mas a ÚNICA resposta que eu SEMPRE tenho é que é da IDADE e que isso passa.

Mas será que é tão simples assim? Ninguém me fala quanto tempo vai demorar para isso passar. E eles nem sabem muito bem o que é o ISSO, não consigo explicar. Eu, então, desisti, prefiro ficar mesmo na minha, quieta.

Voltando à surpresa... Minha mãe resolveu ir comprar roupa nova para mim no shopping. Adorei a ideia. Faz tempo que não compro nada, e é sempre legal encontrar uma coisa diferente. E, depois das compras, sei EXATAMENTE o sorvete que quero tomar.

Mas eu olhava e olhava as vitrines e não conseguia gostar de quase nada. A prima diz que eu tenho um olho bom pra moda, e até concordo. Gosto de combinar cores e consigo dizer quando uma roupa está boa ou não numa outra pessoa. Mas quando é comigo a coisa é totalmente diferente.

 San, o que eu vou escrever agora é MUITO PARTICULAR, acho que ninguém pode saber... Tem vezes que eu sinto que não me encaixo no mundo. Sim, gosto de moda e adoro olhar aquelas revistas cheias de vestidos bonitos, desfiles, lançamentos, as últimas tendências, colares, pulseiras, joias. Mas, além disso, todas as modelos são supermagras. Nunca vejo uma garota mais gordinha vestindo aquelas roupas, assim sempre TENHO CERTEZA de que nada daquilo vai ficar bem em mim. E aquela voltinha no shopping mais uma vez confirmou a minha sensação. Parece até que as gordinhas como eu não existem. Em outros países sei que até existem mais opções, mas por aqui...

 Tinha vezes que minha mãe apontava para uma vitrine:

— Filha, olha que blusinha bonita, vai ficar uma graça em você.

 Eu JÁ sabia que não ia dar certo, mas minha mãe insistia tanto que eu acabava entrando na loja. Em algumas, era EVIDENTE que as vendedoras faziam cara de espanto quando minha mãe pedia alguma peça para mim, mas eu ia em frente.

Assim que eu entrava no provador, fechava a cortina direitinho e experimentava a roupa. Ficava horrível, apertada, e sempre era o maior número que havia na loja; só isso já me deixava péssima, me sentia uma baleia DE VERDADE.

Mas minha mãe sempre tinha uma palavra bacana: se eu tivesse gostado da roupa, bastava fazer um ajuste. A vendedora ficava do lado dizendo que estava ÓÓÓÓTIMO e que minha mãe tinha razão etc.

Para mim, estava claro que aquela roupa tinha sido feita para uma menina MAGRA e que se eu começasse a mexer nela ia ficar totalmente descaracterizada: ia mudar o caimento, o estilo, enfim, tudo. Eu até podia imaginar o estilista que criou a roupa me olhando com cara de nojo.

Assim, eu tirava a roupa rapidamente e pedia para ir direto aonde eu TINHA CERTEZA de que ia encontrar, digamos, as peças certas. Nem tão bonitas quanto aquelas de certas marcas, mas que, pelo menos, me deixavam respirar.

E foi com esse pensamento, com essa ideia na cabeça que, de repente, me surgiu a loja que a Valkíria havia falado na escola. A danada tinha razão, eram roupas muito bonitas e, claro, CARAS. Pedi para olhar, e minha mãe ficou diante da vitrine comigo. Até os manequins que estavam nas vitrines eram magros ao extremo.

Entrei na loja e conferi as araras de peças. Havia algumas bem esquisitas, com umas pedras grudadas, e outras que eram mesmo muito bonitas. Só de olhar eu já sabia que não ficariam bem em mim, mas fiz a bobagem de pegar uma camiseta e ir até um espelho pra ver como poderia ficar. Logo percebi que a camiseta tinha que ser três vezes mais larga, sem chance.

    Foi então que, de repente, a porta do provador se abriu e eu vi quando uma garota ajeitava na cintura a mesma camiseta que eu estava segurando e procurava um espelho maior para se olhar. Era ela, a Valkíria. Gelei. Quando ela me viu, colocou a mão na boca e começou a rir. A D estava com ela, e as duas voltaram para o provador.

    Fiquei morrendo de vergonha. Não queria que minha mãe visse aquela cena de jeito nenhum. Minha sorte foi que ela estava um pouco cansada de caminhar e havia se sentado para ler uma revista. Joguei a camiseta num balcão e saí o mais rápido possível da loja.

    — Não gostou de nada, filha? — perguntou minha mãe ao vir atrás de mim.

    Quando eu disse que não, ela me chamou para tomar o sorvete, mas falei que não queria, era melhor irmos embora. Nem sei que desculpa inventei, mas acabamos voltando para o carro.

    San, não quero nem imaginar o que vai acontecer na segunda-feira. Aposto que a gangue vai ter assunto para o resto da semana.

    A gorda, balofa, rolha de poço achou que podia usar uma roupa de "gente normal"... E agora, o que eu faço?!

BOLETIM URGENTE

San, descobri um novo jeito de falar com você. Eu é que não vou te trazer para o colégio. Já pensou se alguém consegue te pegar e ler as coisas que escrevo?

Acho que eu morreria.

Mas tem vezes que quero contar alguma coisa com urgência e fico sem saber o que fazer. Bem... já que passo a maior parte do tempo sozinha no intervalo, resolvi te contar as coisas em qualquer tipo de papel que tiver pela frente; depois é só colar em você e pronto. O papel de hoje são algumas folhas que arranquei do meu caderno.

Pensei que a Valkíria fosse acabar comigo depois do que aconteceu lá na loja, mas não; quer dizer, mais ou menos, ela até disse que havia tentado ser minha "amiga" informando que lá não tinha nada para mim, e deu suas risadinhas com a plateia dela, a D e a T, mas logo me deixou em paz.

Sabe por quê?

Entrou uma garota nova na escola, que, pelo jeito, vai sofrer do mesmo jeito que eu.

Não, ela não é gorda, mas é, digamos... diferente.

A diretora trouxe a garota até a nossa sala e informou que ela estava vindo do interior, transferida para o nosso colégio, e que era para recebê-la superbem etc. etc. etc.

Quando ela entrou, juro que estranhei um pouco. Os cabelos são muito pretos, acho que pintados. Na escola eles implicam com maquiagem, pedem para não usar muito, mas ela estava com sombra escura nos olhos, e tinha uma pulseira estranha, cheia de símbolos. Não havia muita cor em nada do que ela usava, nem mesmo nos cadernos. Nada de bolsa ou mochila, tudo estava na mão.

Na hora, fiquei torcendo para ela não se sentar perto de mim. Eu já chamava a atenção ficando quieta, mas, se ela se sentasse ao meu lado, pronto, a classe INTEIRA ia ficar olhando na minha direção. Bem, até pensei que aquilo poderia ser uma boa ideia, quem sabe a turma da Valkíria acabava se esquecendo de mim.

Mas, é óbvio, não teve jeito. Fiquei eu na janela, depois o Evandro e ela em seguida. A garota se sentou e ficou quieta, parece que não é de muitos sorrisos. O nome dela é Solange.

Durante o intervalo, fiquei observando para ver o que ia acontecer.

Ela também se sentou num canto, quieta, na dela, ouvindo música, só isso. Não parecia interessada em se enturmar com ninguém. Percebi que os meninos se aproximavam e perguntavam qualquer coisa. Ela tirava o fone dos ouvidos, respondia qualquer coisa e ficava na dela. Eles saíam rindo e cochichando. Como menino é bobo, não é?

Bem, mas vamos ao que interessa. Quando a Valkíria se aproximou da garota, fiquei atenta. Pareceu que ela falou alguma coisa sobre aparência. Desconfio disso porque os movimentos dela são sempre os mesmos quando quer ofender alguém: fica segurando o cabelo, se abraça com suas amiguinhas e dá umas voltinhas querendo mostrar o quanto ela é bonita e interessante.

Tenha dó!

Percebi que a menina parou um segundo, ergueu o celular e tirou uma foto da Valkíria. Ela não entendeu nada, nem eu, mas isso deixou aquela metida sem saber o que fazer. Ela tentou descobrir para que a garota tirou uma foto dela, mas, pelo jeito, ficou sem resposta, pois a Solange disse alguma coisa, se levantou e mudou de lugar, deixando as três sozinhas.

Fiquei supercuriosa de saber o que foi que ela disse e para que tirou aquela foto.

Pena que o Roger apareceu e a Valkíria acabou saindo toda sorridente com ele.

Bom, agora vou ter de voltar para a aula, depois te conto mais alguma coisa. Pode deixar que vou guardar essas folhas direitinho, ninguém vai pegar.

Tchau.

AUMENTARAM OS ESQUISITOS

22 de fevereiro

San,
Aconteceu uma coisa que eu pensei que fosse péssima, mas agora tenho de te contar que foi incrível.

Para variar, o professor deu um trabalho em grupo. A mesma cena de sempre, mas, desta vez, com uma novidade. A Solange não tinha grupo e, claro, ninguém moveu um dedo para chamá-la. Nem eu, para falar a verdade, mas o Evandro a chamou.

E ela veio.

A classe inteira parou e começaram os risinhos. É claro que um tosco falou:

— Olha só, a turma dos esquisitos aumentou.

A professora pediu silêncio e eles ficaram rindo entre si.

A gente tinha de fazer um trabalho sobre o Egito, e mal a Solange se sentou ela disse:

— Já estive lá! É um lugar incrível.

Eu e o Evandro ficamos de boca aberta. De repente, não estávamos mais lendo o livro para aprender sobre faraós etc., mas ouvindo histórias reais de como eram o local, a temperatura, as roupas das pessoas, os cheiros, as comidas. A Solange tinha até algumas fotos no celular para mostrar. A mais incrível era uma em que ela estava na frente das pirâmides.

    Nossa, fiquei impressionada. Ela parecia ser uma garota legal. Que bom que, no fim das contas, o Evandro a chamou para o nosso grupo.

    De repente, no meio das fotos que ela nos mostrava, apareceu a foto da Valkíria, e eu não aguentei.

    – Por que é que você tem uma foto dessa garota?

    A Solange deu uma olhadinha para trás, como que procurando pela gangue, e disse:

    – Conheço esse tipo. Elas só querem aparecer. Da escola de onde eu vim também tinha. Adoravam me provocar.

    Nossa, gelei quando ela disse isso!

    – Só porque eu fui para o Egito, elas começaram a me colocar um monte de apelidos. "Faraó" era o mais comum, porque tenho o queixo um pouco para a frente.

    O Evandro até parou de piscar para ver melhor o queixo dela e quase riu.

    – Aí, quando aquela garota veio com gracinhas – continuou a Solange –, usei a minha tática número um para afastar gente assim. Fingi que eu era superamiguinha dela e falei que queria guardar uma foto dela de recordação. Elas se "acham"; e, depois que eu tirei a foto, ela foi embora. Ficou meio sem jeito porque acabou percebendo que era somente uma ironia. Mas conheço o tipo, qualquer hora ela tenta alguma coisa de novo...

    Nunca que eu ia ter coragem de fazer aquilo. É como já te disse: só penso nas boas respostas depois que perdi a oportunidade. Quem sabe um dia desses eu aprendo a ser como a Solange e agir na hora?

    — E qual é a sua tática número dois? — o Evandro quis saber.

    — Espero não precisar usar — respondeu ela, meio que encerrando o assunto.

    Não sei se seremos boas amigas, mas adorei fazer o trabalho com ela, e fazia um tempão que eu não me sentia assim: feliz por conversar com alguém novo.

    Isso é bom! Gostei.

PROBLEMA À VISTA

2 de março

San, estou preocupada. Acho que fiz uma besteira.

Hoje, no intervalo, a Valkíria veio me provocar, e eu me lembrei do que a Solange tinha feito e resolvi copiar: tirei uma foto dela.

Para quê? Toda a gangue começou a rir sem parar.

— O que é isso? Sua amiguinha te ensinou a usar a câmera? Essa sua nova amizade está até servindo para alguma coisa. Quer saber, vou tirar uma foto sua também!

Quando eu ia dizer que não queria, já era tarde, só vi o flash!

Estou com um péssimo pressentimento... Alguma coisa vai acontecer.

TECLANDO COM A PRIMA

JULINHA:
San, que bom que a gente conseguiu se encontrar aqui. Ainda bem...

SANDRA:
Fiquei preocupada com a sua mensagem: "ESTOU DESESPERADA". O que foi que aconteceu?

JULINHA:
Ai, nem sei se tenho coragem de te mostrar.

SANDRA:
Anda logo, não foi para isso que eu vim aqui? Você sabe que eu tenho pouco tempo.

JULINHA:
Vou te mandar o link. Dá uma olhada.

SANDRA:
Nossa, não acredito. Que coisa mais sem graça.

JULINHA:
Já chorei muito por causa disso.

SANDRA:
Você deveria ter me falado antes. Faz quanto tempo que sua foto está nesse site?

JULINHA:
Mais de um mês. Eu não sabia. Comecei a ficar desconfiada quando o pessoal da escola passou a usar o canudo do refrigerante para espirrar água quando eu passava. Achei uma brincadeira boba, mas pensei que fosse só mais uma.

SANDRA:
E como é que você ficou sabendo?

JULINHA:
Sabe a Solange? Pois é, ela me mostrou essa foto no celular dela: uma baleia, com a minha cara, esguichando água. Nossa, eu não sabia onde me enfiar.

SANDRA:
E você já descobriu quem fez isso?

JULINHA:
Tenho certeza de que foi a Valkíria, mas não consigo provar. Ninguém se identifica nesse site tosco.

SANDRA:
Ignora essa garota, pronto.

JULINHA:
Ela não larga do meu pé. Agora, eu estou desconfiada de que outros alunos estão tirando fotos minhas também.

SANDRA:
Você já falou com a sua mãe?

JULINHA:
De jeito nenhum. Não quero que ela fique sabendo disso. Você não vai contar para ninguém, tá? Estou morrendo de vergonha. Só te falei porque precisava de uma ajuda, um conselho... Não sei o que fazer.

SANDRA:
Olha, se a tal da Valkíria descobrir que você está chorando por causa disso, que está brava, aí sim ela vai ficar contente e não vai parar nunca mais. Você não disse que a Solange é legal? Então, fica mais com ela.

JULINHA:
Mas eu já percebi que ela gosta de ficar sozinha. Ouvir as músicas dela, ficar no celular, na internet.

SANDRA:
Experimenta conversar um pouco mais. Tenta. Talvez ela seja tímida.

JULINHA:
Pode até ser...

SANDRA:
Bom, mas comigo você pode contar SEMPRE!

JULINHA:
Eu sei, prima, eu sei. Minha mãe está me chamando para jantar. Vou ter de sair. Beijo!
JULINHA sai

VIVENDO E APRENDENDO

9 de março

San, resolvi fazer o que a prima me sugeriu e fui conversar com a Solange no intervalo; mas, olha, aconteceu um negócio inesperado que preciso descrever tim-tim por tim-tim para nunca mais esquecer. Se você estivesse lá, teria visto o seguinte:
— Oi, Solange, posso ficar aqui com você?
— Pode, Júlia!
— Nosso trabalho foi ótimo, o melhor! Também, depois de tudo o que você falou sobre o Egito, a classe ficou de boca aberta.
— Ah, tranquilo! Eu gosto de falar de lá, me sinto atraída por essas coisas meio misteriosas, múmias, tesouros perdidos... Acho muito legal.
— Você está gostando desta escola?
— Estou, mas não me apego muito, porque posso ter de mudar de novo, então...
— Ah, é por isso que você é tão calada.
— Você acha isso, Júlia?
— Quer dizer, você parece que está sempre quieta, na sua.
— É que meu pai é gerente de banco, e ele nunca para em lugar nenhum. Já até me acostumei.

— Deve ser difícil não parar em lugar nenhum, não é?
— Depende. Tem as suas vantagens.
— Por exemplo?
— Não tenho de ficar estudando muito tempo com gente de que não gosto, como aquela sua amiga que está vindo ali.
— Ah, não. Ela e as amiguinhas dela não podem me ver em paz. Vou embora daqui senão elas vão te aborrecer também.
— De jeito nenhum, Júlia, fica. Você estava aqui primeiro. Não precisa falar nada se você não quiser, pode deixar que eu me livro delas.
— Então vou ficar quietinha, não vou abrir minha boca. Não estou a fim de falar com essas garotas.
— Júúúúlia! Fazendo novas amizades com a... com a... Como é mesmo seu nome?
— Você por acaso é surda, Valkíria?
— Ai, não precisa me ofender. Só esqueci o seu nomezinho.
— Eu não tenho nomezinho, meu NOME é Solange. Quer que eu desenhe para você?
— Xi, tá vendo, você fica andando com más companhias e acaba ficando mal-educada. A Júlia é assim também, por isso que ela não tem nenhum amigo aqui na escola.
— Eu sou amiga dela.
— Pois deveria escolher melhor suas amizades.

– Oh, garota, você não tem nada para fazer não? Vai cuidar da sua vida.
– A escola não é sua... Fico onde eu quiser.
– Pois eu gostaria que você saísse de perto da gente porque você está incomodando.
– E se eu não sair, você vai fazer o quê?

San, eu nunca vi aquilo na minha vida. De repente a Solange ficou de pé, ela é bem maior do que a Valkíria, e cochichou para mim que ela ia usar a tática número dois: a violência. Até eu fiquei com medo.

– Vou resolver o problema do meu jeito – disse a Sô. – E não tenho nenhum medo de vocês.

A Valkíria e as amiguinhas, percebendo que poderiam se dar muito mal, se abraçaram, deram uma risadinha sem graça e sumiram. Ficou péssimo para elas. Os moleques que estavam por perto até começaram a rir.

Nunca ninguém tinha me defendido antes. Fiquei tão contente! Acho que agora sim eu tenho uma amiga na escola!

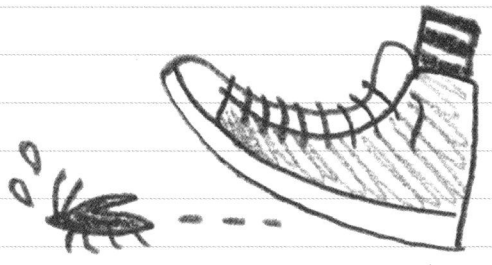

PENSANDO NELE

San, não estou traindo você não, é que hoje não estou a fim de escrever, só de pensar... E meu pensamento é todo complicado, cheio de idas e vindas. Acho que nem dá para colocar no papel: vira bagunça.

Eu estou muuuuuuuito feliz. Acho que esta foi a melhor semana da minha vida. Há muitos anos não andava tão tranquila pela escola, sem me preocupar se alguém ia me fazer alguma coisa ou não. Até pararam de espirrar água em mim.

Fiquei o tempo todo com a Solange. Nossa, ela é uma amiga FANTÁSTICA, bem divertida, cheia de histórias para contar. Sempre achei que essa gente que gosta de preto só pensasse em coisas negativas, morte, em se matar, sei lá...

Mas não! Puro preconceito meu!

Até acabei conhecendo umas bandas novas que ela me mostrou. Algumas ótimas.

A Valkíria ficou longe de mim a semana inteira!!! Ela e as amiguinhas dela ainda dão risadinhas quando passo, mas só isso.

Adoro a Solange!!!

E aconteceu outra coisa que achei EXCELENTE! Como eu sempre andava de cabeça baixa e ficava sozinha num canto escrevendo, não reparava muito no que acontecia pelo colégio; mas sim, EXISTE VIDA AO MEU REDOR, e é até muito interessante.

O Fábio é o garoto mais lindo da minha sala! Ele quer ser ator e sempre participa das peças de teatro que se montam na escola, todos os anos. Ele já foi príncipe, fera e até fantasma.

Sei que ele é MUITO LEGAL porque já trabalhei numa peça como figurinista: eu cuidava da roupa de todo mundo. A professora de artes, a Sarah, sabia que eu gostava de moda e me deixou criar um montão de roupa. O legal no teatro é que não tem SÓ GENTE MAGRA, como nas revistas, na TV, no cinema, nas propagandas. Tem de todo tipo: alto, gordo, velho, magro, monstros. Dá para criar fantasias, e eu ADORO.

O Fábio sempre foi legal comigo, e eu adorava quando era a vez dele de provar a roupa. Além de gato, era um fofo que nunca reclamava de nada. Adorava tudo o que eu fazia.

Esta semana, percebi que ele estava olhando para mim na escola. Fiquei meio sem jeito, mas é como se eu tivesse me libertado. Quando a Valkíria me provocava eu pensava que todo o mundo fosse igual a ela porque ninguém tentava me defender; e pior, alguns adoravam agir como se estivessem numa plateia rindo de mim e das provocações dela.

Mas, olhando agora, de cabeça fria, acho que isso acontece porque cada um tem a sua vida, está preocupado com as provas, o futuro, com a falta de grana para o lanche.

Descobri que não sou o centro do mundo, e ACHO QUE ISSO É MUITO BOM.

San, agora vou escrever um negócio em você porque acho que foi a coisa mais importante da semana, quero registrar:

15 de março

O Fábio conversou comigo e perguntou se vou PARTICIPAR DA PRÓXIMA PEÇA, que eles já estão começando a preparar.

Respondi que eu ia pensar, dependia das provas, do meu tempo livre, mas ele me fez JURAR que eu não ia deixar o grupo na mão.

O Fábio me deu um beijinho no rosto e foi embora. Nossa, fiquei tão contente, você nem imagina!!!

Eu ADORO a Solange.

NO INTERVALO, EU LIGUEI PRA SOLANGE.

Hoje a Solange não veio! Está doente, com febre.

Liguei para ela e perguntei quanto tempo iria ficar longe, mas ela não soube me dizer.

Estou apavorada.

Nem quero imaginar como vai ser ficar sem ela na escola. De repente, todo o meu medo voltou.

O que será que a Valkíria vai me aprontar?

O QUE A VALKÍRIA FEZ?

— Sua amiguinha não veio hoje? — ela me perguntou.
Foi só isso! Fiquei impressionada, ela não fez mais nada. Só essa pergunta e me deixou em paz o resto do dia.
Juro que não entendi.

O QUE A VALKÍRIA FEZ DE VERDADE! (eu acho)

— Oi, Solange, você melhorou?
— Que bom que você me ligou de novo, Júlia. Olha, nem sei se te falo por telefone, mas aprontaram com você, outra vez...
— O que foi agora? Fala logo.
— Lembra daquela sua foto da baleia? Pois é, montaram outras, algumas bem feias.
— Ah, não...
— Fica calma! Colocaram algumas minhas também, mas não estou nem aí, isso é coisa de quem não tem o que fazer. Achei que você ia ficar triste, mas fica CALMA. Preciso desligar agora. Qualquer coisa, me dá um toque. Beijo.

NUNCA FIZERAM UMA COISA TÃO HORRÍVEL COMIGO!

18 de março

A rolha de poço em seu habitat natural. KKKKKKKKKKKKK!

Quem come muito fica dexe jeito!

Nossa, q grta nojenta!

Ela eh uma porca, hehe.

 San, copiei esses posts que escreveram abaixo de algumas montagens que fizeram com as minhas fotos. Pegaram uma do meu rosto e colaram no corpo de uma mulher bem gorda presa num poço.
 Numa foto do King Kong, aquela em que ele está no alto do edifício, colocaram a cabeça da Solange no lugar da dele e a minha na da mocinha.
 E... a pior.
 Pegaram uma porca que estava amamentando um monte de porquinhos e puseram minha cabeça no lugar da dela. Escreveram que eu estava alimentando os meus filhinhos.

Chorei! Os porquinhos eram bem bonitinhos, a Solange até me falou para rir, mas havia muita maldade ali, a pessoa que fez aquilo queria realmente me humilhar. Quando a Sô percebeu que eu estava me sentindo humilhada de verdade, ela falou que a gente deveria procurar a diretoria e contar o que estava acontecendo. Até se ofereceu para me acompanhar, mas...

Não dava para afirmar quem tinha sido, porém uma coisa era certa: as fotos foram tiradas na escola. Em algumas delas eu estava com uma presilha que só tinha usado para ir à aula.

Foi a Valkíria! Não posso provar, mas se eu pudesse pegar o celular dela, tenho certeza de que eu e a Solange estaríamos na memória, tenho certeza. Eu podia até falar para a professora Sarah, que é tão legal, mas acho que não vou fazer isso. Vai que ela acha que estou com algum problema e me impede de ir para o teatro neste ano... Não sei.

Estou chorando enquanto escrevo, San. Não sei o que fazer. Tem muitos comentários, tem muita gente vendo, MUITA MESMO. A foto do esguicho já passou de quinhentas views, e foi até compartilhada algumas vezes. Tem posts até em inglês. Minha mãe percebeu que estou triste e perguntou se eu estava com algum problema. Eu quis contar tudo para ela, mas, sei lá, faltou coragem. Fiquei com vergonha.

Estou tentando fingir que aquilo não tem importância, mas TEM SIM. O pior é que o site é uma coisa totalmente clandestina, não tem nem lugar para se pedir para retirar a foto. Se desse, eu já teria feito isso.

Vou ter de encontrar alguma ajuda, acho que não consigo sair dessa sozinha de jeito nenhum.

E agora, San, o que eu faço?!

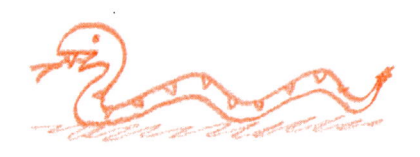

A SOLANGE FAZ UMA BOBAGEM

— Oh, garota, você para de colocar aquelas fotos na internet. Se está querendo ser expulsa da escola é só falar! — disse a Solange para a Valkíria no intervalo.

— Eeeeuu??? Mas do que é que você está falando?

Não sei de onde eu tirei coragem, mas falei também:

— Já percebi que você fica tirando foto minha escondida, Valkíria.

— O que vocês acham disso, amigas?

D e T fizeram cara de nojo para a gente.

— Tenho muito mais o que fazer do que ficar tirando foto de você, Júlia.

– Estou te avisando, garota – provocou a Solange. – Se aparecer mais alguma foto nossa naquele site podre, vou fazer de tudo para te expulsarem da escola.

– Você está me ameaçando? – perguntou a Valkíria. – Vocês estão vendo, não estão, amigas? A Solange está me ameaçando.

– Não, não estou! Só estou te falando para parar de colocar fotos nossas na internet.

– E eu afirmo que não fiz nada disso, e você não tem como provar o que está dizendo. Vamos embora, amigas.

A gangue virou as costas e se foi.

Depois que elas sumiram, a Solange ficou mais brava ainda.

– Droga, eu não deveria ter feito o que fiz, fiquei muito brava.

– Mas você tem razão. A Valkíria tremeu. É claro que é ela que está fazendo isso.

– O problema, Ju, é que agora ela TEM CERTEZA de que estamos incomodadas. Droga, já passei por isso antes e deveria ter me lembrado de que essa é a pior estratégia.

– Mas quem sabe agora não para?

– Acho que vai até piorar, Júlia. Aposto que ela vai começar a distribuir essas fotos de todo jeito que der. Esse tipo de garota adora plateia; saber que suas provocações estão dando certo. Elas pensam que ficam mais populares por causa disso. Ah, quer saber? Ela pode fazer o que quiser, não estou nem aí.

– Acho que você tem razão.

– Tenho sim, pode acreditar. Deixa a Valkíria aprontar. O importante é a gente cuidar da nossa vida e não entrar mais naquele site podre.

De repente, o Evandro apareceu para conversar com a gente, isso era superdifícil de acontecer.

– Oi, meninas, tudo bem?

Nunca tive muita paciência com ele, mas a Solange parecia que gostava do cara, então...

— Por que você não está jogando basquete com os garotos? — ela quis saber.

Eu já sabia a resposta, mas fiquei quietinha. Os meninos gostavam de aproveitar parte do intervalo para brincar de basquete.

— Eles não me deixam participar nunca, nem peço mais.

— Por quê? — perguntou a Solange.

— Os caras acham que sou muito magro, pequeno, que só atrapalho. Na aula de educação física é a mesma coisa. Ninguém me escolhe para o time, até já me acostumei. É o professor que me coloca em algum grupo.

Eu sabia que ele ficava magoado com aquilo. Era meio chato de se ver. Sempre que o professor deixava os moleques formarem o time, eles logo escolhiam um líder que selecionava os garotos que iam jogar com ele. O Evandro sempre sobrava. E ele não jogava tão mal. Mas os líderes sempre queriam os mais altos, mesmo que só ficassem parados esperando a bola.

— Acho que a gente deveria formar o nosso time — disse a Solange. — O nome a gente já tem: os Esquisitos.

O Evandro riu e disse:

— Mas, paciência, eu aproveito para trocar figurinhas com meus amigos de outras salas. Deixa esses caras pra lá.

Foi aí que a Solange emendou um papo com o Evandro e eu logo percebi que ela também é nerd. Eles sabiam um monte de coisas sobre seriados, músicas, personagens...

— Mas, Júlia, vim aqui porque eu queria falar com você.

Fiquei surpresa, isso nunca tinha acontecido no intervalo antes.

— O que foi?

— Olha, sei que é meio chato, mas... Eu vi as fotos que fizeram de você.

Fechei a cara, enfurecida. Já ia dizer que ele não tinha nada a ver com aquilo, que fosse cuidar da própria vida, mas a Solange percebeu o que estava prestes a acontecer e me interrompeu:

– A gente não quer falar muito nesse assunto, Evandro. É pessoal...
– Imagino – disse ele. – Mas é que já aconteceu algo assim comigo e...

Nesse momento, eu fiquei interessada e perguntei:
– Como assim?
– Júlia, você sabe que o pessoal não vai muito com a minha cara – ele começou a piscar com mais força, prova de que estava um pouco nervoso. – Foi no ano passado. Comecei a receber uns e-mails estranhos, com piadinhas sem graça. Não demorou muito e mandaram algumas fotos montadas. Pegaram na internet e fizeram umas montagens bem piores do que as suas. Em algumas, eu até apareci vestido de mulher. Fiquei morrendo de vergonha.
– Não sabia – falei. – Se eu soubesse teria...
– Feito o quê? – perguntou ele.

Fiquei sem saber o que responder.
– O que você fez? – quis saber a Solange.
– Mostrei para a minha mãe. Não foi fácil, mas não tive saída. Alguns amigos também começaram a receber aquelas fotos, e eu achei que a situação poderia piorar muito.
– E o que ela fez? – fiz cara de espanto sem acreditar que ele tinha tido aquela coragem.
– Primeiro minha mãe quis saber se eu desconfiava de alguém. Eu disse que sim, mas não podia provar nada. Aí, ela veio aqui na escola. Só pedi para que ela viesse num horário em que eu não estivesse. Não queria que ninguém ficasse sabendo, estava com muita vergonha.
– E o que aconteceu? – falou a Solange.
– A diretora prometeu ajudar a descobrir quem estava fazendo aquilo. Você não se lembra de que a gente teve um monte de palestras sobre *bullying* no ano passado?

Claro que eu lembrava. Tinha horas em que pensava que a palestra estava sendo feita só para mim. Até pensei que alguém tinha ido contar os meus problemas na diretoria.

— E adiantou? Acabou a perseguição, Evandro? – eu perguntei.

— Melhorou muito. Pararam de me mandar os e-mails. É claro que dei um jeito de avisar para o cara que eu sabia quem estava fazendo aquilo, e que, se não parasse, minha mãe ia mandar chamar a polícia. Acho que ele ficou com medo – o Evandro riu. – Mas, no fundo, imagino que dei sorte. O ano passado foi o último ano dele aqui na escola, o cara já foi embora.

O sinal tocou e tivemos de voltar para a sala de aula. Achei muito legal o Evandro me contar a história dele. Talvez, se a coisa não parasse, eu tivesse de fazer a mesma coisa; mas sei lá, acho que o meu caso é diferente. Elas vão poder dizer que fui eu que comecei aquela história de fotos, a gangue é muito cruel.

E o pior é que eu não conseguia esquecer a cara de alegria da Valkíria depois que ela TEVE A CERTEZA de que eu estava incomodada com as fotos. Não sei, mas acho que ela ainda vai aprontar mais alguma coisa.

MAIS UM PROBLEMA! E DOS GRANDES

SANDRA:
Fui ver o link de novo, prima. Nossa, é horrível, para mim é caso de polícia.

JULINHA:
Não tenho como provar, Sandra.

SANDRA:
Mas eles têm como rastrear o computador que está fazendo isso. Fala para sua mãe te ajudar.

JULINHA diz:
Não vai dar para fazer isso.

SANDRA:
Por que não? Está com vergonha? Você não me mandou uma mensagem dizendo que aquele seu amigo fez exatamente isso? Quer que eu fale com a tia?

JULINHA:
Não... é que... As coisas aqui em casa estão meio difíceis.

SANDRA:
Como assim?

JULINHA:
Meu pai e minha mãe não param de brigar, é o tempo todo. Eles até tentam disfarçar, mas eu escuto e percebo o que está acontecendo. Estou um pouco assustada...

SANDRA:
Ah, eu não sabia disso.

JULINHA:
Então, não quero ser mais um problema na vida deles. Não conta nada disso para ninguém.

SANDRA:
Prima, meu pai está me chamando, tenho de sair. Mas me escreve, manda mensagem, qualquer coisa. Estou por aqui para o que você precisar.

JULINHA:
Beijo.

EU NÃO ESTOU SOZINHA NO MUNDO!

Mania essa a minha de ficar pensando, pensando, pensando. Eu deveria agir um pouco, sei lá.

Depois que parei de teclar com a San, decidi que ia ver se havia alguma "novidade" nas minhas fotos.

Entrei no site e estava tudo lá: a da porca fazia o maior sucesso. Havia muitos e muitos comentários. Será que essa gente não tem o que fazer?

Essa gorda aki eh muito feia mezmo.

q bom q ela naum istá na minha ixcola

GEEEEEENTE, ela deve kome q neem uma leitoa, kkkkkkkkkkkkkkkk!

Os filhinhoz dela são a kara dela.

Tbm axo ela feiaaa :-)

Vocês deveriam ter vergonha na cara e parar com essa brincadeira idiota. Bando de otário!

Quando li esse último comentário levei um susto. Era o único que parecia ir contra tudo aquilo. Olhei de novo para ter certeza de que não era um trote, outra pegadinha, mas não achei que fosse. Estava escrito num português excelente, ao contrário de muitos outros por ali, e usava alguns argumentos bastante interessantes.

Estava assinado como Tatafriend. Cliquei no nome dela e caí numa página que logo me chamou a atenção: "Sou gorda sim, e daí?".

Na página dela, supercolorida, um monte de fotos de garotas gordinhas e vários tópicos com matérias sobre saúde, beleza e *bullying*.

Dei uma olhada naquilo tudo, e havia muitas fotos dela feliz, na rua, tomando sorvete. Ela parecia ser até um pouco mais gordinha do que eu. Tinha um montão de fotos dela usando umas roupas que eu nunca iria ter coragem de usar, mas, sei lá, ela estava tão contente, cercada de amigos, que tudo ficava bonito naquela garota.

Foi aí que tive uma surpresa: também existiam alguns vídeos. Cliquei em um. Era um megaclose da TATAFRIEND, e ela falava sem parar. Eu não conseguia tirar os olhos dela. E o mais chocante é que ela estava falando DE MIM:

> Olha, eu vi uma foto esta semana, num desses sites por aí, que é uma coisa desprezível.
> Cara, você que monta a foto de uma garota na cabeça de uma porca que está cuidando de seus filhotes é tão idiota que nem sei se você merece que eu perca meu tempo falando a seu respeito.
> Quer saber? Merece sim. Você quer chamar a atenção e conseguiu. Atraiu um monte de otário como você. Ah, vai dizer que me atraiu também, tudo bem. Tem razão. Acontece que eu só vim ver porque eu NÃO SOU IDIOTA para falar mal de uma coisa que não vi; vim ver se era mesmo verdade.
> O pior é que PRECISO falar mal de você. Mas não vou me aprofundar muito, porque tenho certeza de que você não vai me entender.
> Se o seu prazer é ficar fazendo isso com alguém, imagino que deva ser uma pessoa muito vazia, e a garota deve ser muito melhor do que você. Só assim para você perder tanto tempo da sua vida se ocupando da dela.
> Tirando foto, procurando outras, FAZENDO MONTAGEM.
> Cara, você é desprezível. A garota não é uma porca, você que é um rato podre.

Depois desse vídeo, eu tenho mais uma certeza.
Ganhei outra amiga!

ENTRANDO EM CONTATO

San, preciso registrar tudo isso que aconteceu.

A garota do site é muuuuito legal! O nome dela é Thaís, mas o apelido é Tatá.

Depois que vi o vídeo dela, dei uma geral no histórico da página e encontrei muitos outros. Ela é bastante inteligente e fala de um montão de assuntos.

Acabei criando coragem e mandei um e-mail para a Tatá. E não é que ela respondeu? Até imprimi para colar aqui em você.

Julinha, minha querida.

Que legal que a gente se achou! Eu sei EXA-TA--MEN-TE o que você está sentindo (kkkkk).

Também já sofri muito com isso, mas MUITO MESMO. A molecada não me deixava em paz. Se ainda não te chamaram de hipopótamo, barriguda ou baleia encalhada é só uma questão de tempo. Vai ver que os teus "amigos" nem sabem o que é um hipopótamo (kkkkkkk).

Olha, TE GARANTO QUE NÃO FOI FÁCIL, eu chorava bastante, ficava deprimida, triste.

Aí, onde você acha que eu fui parar? Num hospício? (kkkkkkk) Quase!!!

Mas, antes disso, uma amiga da minha mãe, que é psicóloga, começou a conversar comigo, e isso me fez um bem danado. Passei a ter consultas uma vez por semana e fui melhorando, entendendo um montão de coisas sobre mim e as pessoas.

Depois de algum tempo, criei um blog para escrever sobre o que eu achava que gostava. Quase como o seu diário. No início, não tinha assunto, e percebia que ninguém lia o que eu escrevia. Até achei bom, pois só queria um lugar para desabafar.

Comecei a postar algumas poesias e pensamentos e, depois, alguns links para uns vídeos que eu achava engraçados, mais para me lembrar deles do que para divulgar. E foi aí que percebi umas coisas interessantes.

Uma é que eu ADORO escrever. Isso você já sabe, né? (kkkkk)

Outra é que eu estava encontrando um montão de coisas de que não gostava pela internet: piadinhas ofensivas e gente humilhando os outros.

Como ninguém ia saber quem eu era, passei a fazer comentários sobre aquelas coisas que me incomodavam. É claro que me xingavam de tudo o que era nome, principalmente o dono do comentário maldoso, mas eu já estava acostumada com aquilo, afinal de contas.

Não parei mais. Aos poucos, senti que quando ninguém está me xingando e eu ganho tempo para pensar, tenho um montão de coisas para dizer. Então, escrevia exatamente o que eu queria, e passei a me identificar sem medo.

Aí, percebi que um monte de gente concordava comigo e fui fazendo amigos. Conheci sites legais e descobri que existem pessoas preocupadas em fazer algo contra esse tipo de agressão.

Então é isso, minha amiga, junte-se a nós!

Você é linda do jeito que é!

Beijo

O FÁBIO VEIO FALAR COMIGO!

– Oi, Ju, tudo bem com você?

Fechei o caderno, feliz da vida, porque o Fábio estava ali, e devolvi a pergunta.

– Tudo ótimo – ele afirmou. – Queria saber se você já decidiu se vai participar do teatro neste ano.

– Não sei, ainda não falei com a prô, mas...

– Ah, nem precisa. Tenho certeza de que todo o mundo no grupo vai querer. Eu quero, com certeza.

– Então... Eu... quer dizer... Depois vou lá dar o meu nome pra ela.

– Legal.

Ele me deu um beijo no rosto e foi embora.

Ainda bem que eu estava sozinha, senão todo mundo ia ver o quanto fiquei vermelha.

Será que a Thaís tem razão em dizer que sou bonita do jeito que sou? Não sei, mas eu adorei o que acabou de acontecer...

IR OU NÃO IR, EIS A QUESTÃO

SANDRA:
Quer dizer que você não acreditava quando eu falava que você é bonita? Teve de ser uma pessoa que você NÃO CONHECE para aceitar isso?

JULINHA:
Desculpa, San. Mas acho que é por isso mesmo, como a Thaís não me conhece, acho que fica mais fácil acreditar.

SANDRA:
E se ela dissesse que você é feia, você ia acreditar nela também?

JULINHA:
Acho que sim (kkkkkk).

SANDRA:
Você não tem jeito mesmo. E seus pais, como estão?

JULINHA:
Pararam de brigar.

SANDRA:
Ah, que bom!

JULINHA:
Não sei se isso é tão bom assim.

SANDRA:
Por que não?

JULINHA:
Porque agora eles não estão se falando de jeito nenhum. Não sei o que é pior. É tão estranho o silêncio dentro de casa, ficamos nós três sem conversar. Cada um deles para um lado, e eu trancada no meu quarto.

SANDRA:
Você precisa sair mais, dar uma volta.

JULINHA:
Sair com quem?

SANDRA:
Cadê aquela sua amiga, a Solange?

JULINHA:
Ah, ela é muito legal, mas sei lá, não quero parecer uma chata. Voltei para o teatro e estou muito contente.

SANDRA:
Que legal! Que peça vocês vão montar?

JULINHA:
Ainda estamos decidindo. A professora Sarah está trazendo uns textos para a gente ler. Sabe, eu quero te fazer uma pergunta.

SANDRA:
Fala!

JULINHA:
Vai ter uma festa no colégio, justamente com a turma do teatro. O pessoal quer levantar uma grana para o cenário, figurino, essas coisas...

SANDRA
E...

JULINHA:
Não sei se eu quero ir.

SANDRA:
Como assim? Você tem de ir. Não é com o pessoal do teatro?

JULINHA:
É, mas vai abrir para a escola inteira, então fico pensando se vai valer a pena. E se a Valkíria resolve me aprontar alguma?

SANDRA:
Esquece essa menina!!! Chega!!! Ela não manda na sua vida.

JULINHA:
Eu sei, San, mas você acha que é fácil deixar pra lá? Eu me incomodo com ela. Cada vez que me lembro das fotos me sinto humilhada.

SANDRA:
Mas a festa é mais sua do que dela. Você tem de ir!!!

JULINHA:
Tá, eu vou pensar. Agora, tchau, fica com inveja. Vou jantar, e vai ter aquela torta de brigadeiro de sobremesa que a gente adora. Pelo menos isso é bom: minha mãe briga com o meu pai e fica tentando me agradar (kkkkkkk).

SANDRA:
Fiquei com vontade! Beijo, e não perde a festa! Tchau.

JULINHA:
Tchau.

DJ?

— Júlia, é claro que você vai participar da festa. Você é uma das principais interessadas. Eu vou cuidar do som. Vai ser ótimo. Ah, eu te ensino a ser DJ, pronto!
— Duvido que eu aprenda, Sô, mas tudo bem, vou sim.
— Claro que aprende! Então, está combinado.
Pronto. Pelo menos desta vez eu não ia estar sozinha em uma festa da escola.

ABANDONO

3 de maio

San, faz um tempão que não escrevo nada, então vim aqui deixar este recadinho. Você deve estar se sentindo abandonado. Mas tudo bem, não se preocupe. Hoje eu vou à festa do colégio e, assim que chegar, conto tudo o que aconteceu. Tenho certeza de que terei um montão de novidades.

NA FESTA

Inventei a minha roupa para ir à festa. Até cometi uma ousadia: tirei uma foto e mandei para a Thaís – que já é minha blogueira favorita – dar uma opinião. ELA JUROU QUE NÃO IA COLOCAR NO BLOG DELA, e eu CLARO que acreditei.

Ela me respondeu dizendo que eu estava lindona e que, se pudesse, iria comigo.

Dei um beijo na minha mãe, outro no meu pai, cada um no seu canto, é claro, e até espirrei um pouquinho de um perfume da minha mãe que eu ADORO.

A Sô passou aqui em casa com os pais dela; afinal, ela precisa chegar mais cedo para deixar o som em ordem, e eu aproveitei a carona. Chegaremos juntas à festa; achei mais seguro assim. Ia odiar aparecer por lá e ter de ficar sozinha num canto, com medo. Já era para eu ter me livrado disso de uma vez, mas ainda não consegui.

Melhorei muito seguindo as dicas da Sô e da Thaís, só preciso de mais um pouco de autoconfiança para me aventurar sozinha pela escola.

A gangue nem me incomoda muito; aliás, as três realmente tinham me deixado em paz. Parei de olhar aquele site nojento. Se eles andaram postando coisas sobre mim, azar, eu não estava mais acessando, e era melhor assim. Conforme diz a Thaís, "o que os olhos não veem o coração não sente".

Mas, para dizer a verdade, sinto um pouco sim, talvez um poucão. Não fico tranquila sabendo que tem aquele tipo de foto sobre mim circulando na net. Dá vontade de contar para minha mãe e até para a polícia. Mandar prender todo mundo que faz esse tipo de maldade. Eu não estou mais conseguindo segurar isso tudo, qualquer hora vou...

Estou muito confusa...

De qualquer forma, o colégio ficou lindo, decorado com partes dos cenários das peças dos anos anteriores. Tudo que sobra é guardado em um depósito. Bastou retirar e reaproveitar o que dava: restos de madeira, de isopor, de tintas, de tecidos. Havia muitas máscaras, e elas ficaram numa mesa à disposição de quem quisesse usar.

A festa não tem um tema só, mas vários. É quase uma festa junina fora de época, com barraquinha de bolos e algumas prendas. Minha mãe mandou dois bolos bem grandes e gostosos, que foram cortados em pedaços para serem vendidos. Tem pipoca, doce de leite, de abóbora, brigadeiros e cajuzinhos.

Também há uma lista de doações. Quem quiser doar algum dinheiro para a peça irá constar no programa como PATROCINADOR. Essa foi uma ideia minha, e eu espero que dê supercerto.

A professora Sarah também pediu para cada aluno pintar um quadro, pois todos serão colocados em um leilão. Essa ideia é ótima, porque é ÓBVIO que os pais vão fazer questão de levar os quadros dos seus filhos para casa. O meu quadro mostra um barco ancorado numa praia; ficou bem bonito. Nada é muito caro, mas juntando um pouquinho aqui e ali vai dar para arrecadar uma grana legal.

Subi para a mesa de som, que tinha sido armada num canto da quadra, e vi a Sô se enfiar no meio de uns pickups, colocar o seu fone de ouvido e organizar alguns discos: um monte de vinil. Fazia um tempão que eu não via um. Só tem na casa da minha avó, e são todos do meu pai. Ela vive reclamando que ele não leva embora nem deixa jogar fora. Só ficam tomando espaço.

Aos poucos as pessoas foram chegando. Ninguém queria perder o leilão.

Não pude deixar de reparar quando a Valkíria chegou com a família dela: pareciam recém-saídos de uma propaganda de margarina. O papai, a mamãe, a filha e o filhinho. Só faltou um cachorro daqueles bem peludos que ficam deitados esperando que alguém lhes dê alguma coisa.

É claro que ela foi recebida com uma festa enorme pela D e pela T, que não pararam de comentar sobre a roupa uma da outra e, provavelmente, o quanto estavam bonitas.

– Seus pais vêm? – perguntou a Sô, me tirando a atenção da gangue.

– Espero que sim; eles não estão se falando, mas acho que vêm.

– Chato isso, né? – respondeu a Sô. – Meus pais também já passaram por essa situação, mais de uma vez. Daqui a um tempo você vai ver, eles vão estar aos beijos e abraços novamente.

– Assim espero.

De repente, ELE, ELE, ELE veio falar com a gente! O Fábio!

– Solange, toca alguma coisa do U2! Adoro o som deles.

– Tá aqui na minha lista – ela riu. – Pode ficar tranquilo.

– E você, vai tocar também, Júlia?

– Que nada, estou aqui de curiosa.

– Gostei muito da sua ideia do patrocínio. Dei uma olhada na lista, e já tem um monte de gente que assinou. Até meu pai, que é meio mão-fechada, virou patrocinador – o Fábio deu risada. – Vou dar uma volta por aí, e espero te ver de novo. Você está uma gata hoje.

Assim que ele foi embora eu olhei para a Solange, e ela riu entendendo tudo o que eu estava sentindo naquela hora.

– Você PRECISA DISFARÇAR um pouquinho – disse a Sô.
– Disfarçar o quê? – perguntei.
– E eu tenho de explicar? – respondeu a Sô que fez uma voz bem fininha e me imitou: – "Que naaaada, estou aqui de curioooosa". Você está caidinha por ele, não é?
– Não é assim também, vai...
– Tá bom...

Nem falei para a Sô que eu sou BV. Nunca tive um namorado. A Sô já tem, é um cara que mora no prédio dela, e até a chata da Valkíria fica com o Roger. Mas eu não, nunca beijei. Às vezes finjo que sei do que as outras garotas estão falando, mas todo mundo deve desconfiar de que estou mentindo. Pelo jeito a Sô tem razão, eu penso que sou super-reservada, mas não sei disfarçar os meus sentimentos.

Valeram todas as dicas que a Thaís me deu. Os papos com a San, com a Solange e, principalmente, o meu diário. Acho que essa história de escrever tudo o que sinto me ajudou mesmo a entender o que estava acontecendo comigo. Parece que tudo ganhou forma, um jeito. Tinha dia que eu escrevia mais, outros menos. E tudo isso significava alguma coisa. Acho que estou aprendendo a gostar mais de mim mesma e, a partir daí, conforme diz a Thaís, as pessoas começam a nos ver de um jeito diferente também.

Acho que vou acreditar no comentário do Fábio: eu estou uma gata!

O INESPERADO ESPERADO

– Atenção, esta é a nossa última peça! – anunciou a professora de artes, a Sarah, que comandava o leilão e já tinha vendido quase tudo. – Este desenho é da nossa aluna-figurinista, Júlia Soares Francisco. Como vocês podem ver, é um trabalho muito bem-feito, no qual ela usou vários materiais como tecido, plástico e tinta acrílica. Vamos começar, vamos lá, quem vai dar o primeiro lance?

Nossa, como é emocionante ver as pessoas disputando por algo que você fez. Meu pai deu o primeiro lance; em seguida, outras pessoas foram levantando o braço, e, assim, o valor aumentava cada vez mais. Percebi que a Valkíria acompanhava cada lance esperando que ninguém se interessasse pelo que eu fiz. Acho que ela estava desesperada para vir me dizer depois que meu trabalho não valia nada. Como se enganou... Até a mãe dela deu um lance, o que deve ter deixado toda a gangue enfurecida.

Meu pai parecia disposto a não perder de jeito nenhum. Foi então que a professora disse as palavras que encerravam a disputa:

– Dou-lhe uma, dou-lhe duas, dou-lhe três! Parabéns, o senhor é o grande vencedor.

Papai pegou o desenho, todo orgulhoso, e veio me dar um beijo.

– Lindo, filhona. Vou mandar colocar numa moldura e pendurar na nossa sala.

Minha mãe, ao lado dele, também parecia muito contente e me deu um beijo. Em seguida, disse:

– Agora a festa é sua. Você vai mesmo voltar com a Solange?

– Vou sim, mãe. Quero ficar. Acho que vai ser bem divertido.

Meus pais me beijaram e foram embora. Junto com eles, muitos outros também se retiraram. A música estava bem alta, e acho que eles nunca ouviram falar das bandas que a Solange tocava. Para falar a verdade, nem eu, mas estava começando a me divertir. O som fazia sucesso com a turma da escola. O Evandro me apresentou a família dele, e todos me pareceram muito legais. Ele tem três irmãos. Até fiquei com inveja, pois só um já me bastava. Depois ele trouxe seus amigos, e todos pareceram muito simpáticos. Comecei a ver o Evandro com outros olhos. Ele realmente passava pelas mesmas coisas que eu; um pouco diferente, porque ele é garoto, mas acho que a humilhação é igualzinha.

A Solange estava animadíssima. De vez em quando colocava uns caras falando em inglês entre as músicas, e era uma expectativa para o que viria depois.

E foi num desses intervalos que, de repente, percebi o Fábio perto de mim. Levei um susto; ele colocou a mão na minha cintura e disse que queria dançar comigo.

Gelei! Pareceu que, de repente, voltei a ser aquela garota tímida, medrosa e que queria ficar sozinha. O meu olhar, instintivamente, procurou por alguma segurança e cruzou com o da Sô, que percebeu o que estava rolando. Ela piscou para mim, ergueu a mão para o alto como querendo agitar ainda mais, e eu imaginei que a Sô queria que eu ficasse tranquila e aproveitasse o momento.

O Fábio não tinha nenhuma namorada, então não havia nada de errado em dançar com ele. Tudo bem que tinha um monte de garota querendo o meu lugar, mas...

Dançamos, nos aproximamos, nos afastamos, giramos. A gente não se tocava muito, mas os nossos olhares estavam fixos um no outro. Por alguns instantes, parecia que não havia mais ninguém por ali. Foi então que ele me pegou pela mão e me levou para um local um pouco mais afastado, onde não havia muita gente, e começamos a conversar.

– Júlia, eu estou muito contente por você ter vindo.
– Eu também – respondi sem saber o que fazer.
– Então, você sabe... Está muito bonita. Sempre te achei muito legal.

A conversa foi indo, um monte de coisa nada a ver, mas que, no fundo, tinha tudo a ver. Eu escutava cada palavra dele e tentava achar alguma resposta que não fosse totalmente idiota, mas, aos poucos, as palavras foram sumindo, nos aproximamos cada vez mais, para se escutar o que menos se dizia, e, de repente, ficamos tão próximos que senti quando ele afastou meus cabelos, tocou no meu queixo bem suavemente e, então, os lábios dele tocaram os meus.

Senti um calafrio imenso, acho que até resisti por alguns momentos. Olhei ao redor para ver se tinha alguém, até deveria ter, mas deixei para lá, esqueci. Só tentava me lembrar do que eu havia lido nas revistas, ouvido por aí, mas era difícil pensar naquilo.

Estava tudo muito calmo, eram SOMENTE os lábios dele nos meus. Não sabia muito mais o que ia acontecer, mas eu gostei. Nossa, não sou mais BV, pensei, contente. Meus lábios estavam tensos, e fui relaxando aos poucos. De repente, senti uma mão tocando em meu ombro; levei um susto. Será que era minha mãe?

Quando me virei, fiquei assustada, depois, realmente brava. Eram a Valkíria e as amiguinhas dela. O que será que elas queriam naquele momento? Não era possível.

TUDO TEM UM PREÇO

– Uhu!!! Olhem só, amigas, o que está acontecendo aqui.

Diante daquela situação só havia uma coisa a fazer, e olha que eu não sou muito disso: REAGIR!

– Valkíria, sai daqui, garota, me deixa em paz e vai cuidar da sua vida!

– Vocês viram, meninas? Ela me chamou de garota.

A gangue toda riu.

– Ela está aprendendo a falar desse jeito com aquela outra amiga dela lá, da turma dos esquisitos.

– Prefiro ser amiga dela do que sua!

– Uiii! Está bravinha. Mas pode deixar, Júlia. Não vou ficar por aqui não, só vim acertar o combinado.

Olhei para ela sem entender nada.

– Combinado? Que combinado? Não combinei nada com você.

– Você não, mas o Fabinho sim – então, ela tirou um dinheiro da bolsa e entregou para ele. – Tá aqui, amigo, e acho que valeu a pena. Ela até já está diferente... – e riu com a gangue.

– Mas o que é isso? Eu não estou entendendo nada.

O Fábio pareceu meio estranho, nem triste, nem contente, mas havia se afastado um pouco de mim.

— Eu te explico, não era para você saber de nada mesmo, era parte do combinado. Quer dizer, aposta, desafio, o que você quiser. Pensei que ele não ia ter coragem de beijar a gordinha da escola... – a Valkíria começou a me contar o tal do combinado, e eu não podia acreditar.

Mais do que nunca, cada palavra dela me atingia como se fosse uma faca, me ferindo profundamente. Ela dizia cada coisa com um sorriso, dona de uma grande vitória.

— Então, depois que sua amiguinha, a Solange, brigou comigo, fiquei com medo de que você também estivesse brava e resolvi te fazer uma coisa legal para compensar qualquer probleminha que tivesse ficado entre a gente. Aí, tive uma ideia BRILHANTE. É claro que TODO O MUNDO SABIA QUE VOCÊ ERA BV. ÓBVIO! Decidi te ajudar a resolver esse problema. TODO MUNDO TAMBÉM SABIA que você tinha uma quedinha pelo Fábio. Aí, foi fácil imaginar uma solução, né, amigas? Adorei a ajuda que vocês me deram. Falei com o Fábio e disse que eu estava a fim de fazer uma brincadeira com você. Aí, fiz uma APOSTA com ele. A gente apostou que ele não ia ter coragem de te beijar na festa hoje. Perdi o dinheiro, mas valeu a pena. Você é mesmo um excelente ator, Fábio, mais um pouco e a gente ia acreditar que você gosta mesmo dela. Imagina, só porque ela é gorduchinha ninguém vai gostar da Ju???

Eu JURO que não queria, não queria chorar. Mas, assim que ela acabou de falar, eu precisava ir embora, o mais rápido possível. Chorei. Não sabia o que fazer. Estava morta de vergonha.

Só queria sumir, desaparecer!

O QUE ACONTECEU COMIGO

San, eu queria escrever o que está acontecendo comigo, mas não consigo...

MINHA PRIMA...

A Sandra me mandou uma mensagem...
Não vou responder.

MINHA MELHOR AMIGA...

A Sô me ligou, deixou um recado no celular, mas eu não quero nem ouvir.

NÃO CONFIO EM MAIS NINGUÉM

– Júlia, o que é que está acontecendo? – Minha mãe entrou no meu quarto, abriu a minha janela e tirou a coberta de cima de mim.
– Nada não, mãe. É que não estou me sentindo muito bem.
– Tá, filha, eu aguentei essa resposta o suficiente. Deixei até você faltar na escola, agora chega. Vamos ao médico hoje mesmo.
– Não, não, eu não quero, mãe. Não tenho nada.
– Se não tem nada, então se levanta, que hoje você vai para a aula.
Gelei. Isso não pode acontecer. Não quero ver ninguém daquele lugar. Todo o mundo deve estar falando mal de mim. Depois de muito pensar, descobri que não posso confiar em ninguém MESMO. Nunca que eu ia imaginar que o Fábio fosse aceitar fazer aquilo comigo, ele parecia ser meu amigo.
– Não tem querer, Júlia. Se não está doente, então não tem razão para ficar mais um dia trancada neste quarto. De jeito nenhum.
– Eu estou doente sim, pronto.
Minha mãe parou e sentou na minha cama.
– E o que é que você tem, filha?

Eu ia inventar qualquer história, mas comecei a chorar. Não tinha chorado na frente dela para escapar das perguntas que não tenho vontade de explicar. Ela até me viu de olhos vermelhos, estranhou meu comportamento, mas não tinha me visto chorando. Percebi que ela ficou preocupada.

— Fizeram alguma coisa pra você, filha? Conta pra mim.

— Não, mãe. É que eu estou triste, só isso. Posso ficar em casa, só mais hoje? Amanhã eu juro que vou para a escola. Por favor.

— Antes você vai me contar direitinho o que está havendo.

— Não é nada.

— Como não é nada, Júlia? Desde o dia daquela festa você está desse jeito. Pensei que você fosse demorar, se divertir, mas até que voltou antes do que eu imaginava e, ainda por cima, se trancou neste quarto. Isso não é normal.

— Sabe aquelas coisas que você sempre diz que vão passar? Pois é, foi uma dessas coisas...

— Se você quiser, eu vou falar com a direção da escola e...

— De jeito nenhum...

— Filha, não podemos ter segredos. Se tem alguém te fazendo algum mal, eu preciso saber.

— Não tem segredo, mãe, é que não consegui estudar para uma prova, briguei com uma garota chata que tem lá, enfim... estou triste. Juro, só hoje, amanhã eu volto.

— Estou achando essa história meio esquisita, mas... Vou te dar um tempinho. Se você não melhorar, tomarei uma providência imediata.

Ela me deu um beijo e saiu do quarto. Eu queria ficar ali para sempre, mas não ia ter jeito. Depois desses dias que faltei, aposto que a gangue descobriu mais razões ainda para falar mal de mim.

De onde é que eu vou tirar força para enfrentar essa situação?

MEU MELHOR AMIGO

18 de maio

San, obrigada por me ajudar. Voltei para você, meu melhor amigo. Preciso dar um jeito de conseguir chegar ao colégio amanhã. Tentei esquecer tanta coisa que quase esqueço tudo, até o pouco que há de bom. Foi ótimo ter você aqui comigo e poder reler o que escrevi nos últimos tempos.

Fez me lembrar como eu era e quem eu sou.

Eu deveria ter imaginado. Quem é que eu estava enganando esse tempo todo? Por que não me lembrei de todas as coisas que já coloquei aqui?

Estou triste na maior parte do tempo...

Infeliz...

Reclamando...

Chorando...

E, o pior, comendo...

Sou mesmo feia e gorda. É melhor assumir logo de uma vez. Elas têm razão. Se eu fosse magra e bonita, COM CERTEZA NÃO estaria no:

- [X] Grupo dos esquisitos.
- [X] Procurando blogs de gente gorda.
- [X] Fugindo de comprar roupas bonitas porque nada me serve.
- [X] Inventando desculpas para continuar a ser feia.

Toda vez que leio alguma coisa parece que estou pensando em comida, sobremesa, pão, queijo...
Tenho sempre um doce comigo, na bolsa. Meus tios me dão coisas gostosas, minha mãe, meu pai...
Chega! Acabou!
Não quero mais nada disso.
San, é duro escrever isso, mas acho que a VALKÍRIA TEM RAZÃO.
Quem eu estou querendo enganar?
Ela, sim, é feliz. Eu vi a família dela, toda bonita, bem--vestida, certinha. Meus pais vivem brigando, nem se falam. Ela é magra, namora um cara bonito, tem amigas que se divertem com as coisas que ela diz.
Eu continuo achando que ela é muito maldosa. Isso é verdade. A Valkíria não precisaria ter feito nada daquilo comigo, ISSO EU NÃO PERDOO, mas sou obrigada a concordar que ela está certa.
Sou mesmo gorda e feia, e devo merecer o que fazem comigo. Não tem ninguém mais gorda que eu na minha sala, e eu não quero mais ser assim. Cansei!
Vou emagrecer a qualquer custo e mostrar para aquelas metidas daquela gangue que posso ser igualzinha a elas. Que elas não são melhores do que eu.
Mas não vou contar pra ninguém. Será meu plano secreto. Vou usar tudo o que sei sobre roupas para enganar todo mundo. Fico com minhas roupas largas,

sem caimento, fora de moda até estar bem magra e bonita. Aí, vou vestir uma bem legal e aparecer "de surpresa" numa festa.

Aquelas idiotas vão ficar morrendo de inveja de mim.

San, você e o Pitoco serão os únicos que vão ficar sabendo de tudo, pois só vocês me entendem...

Nunca mais vou ver os vídeos da Thaís; não me servem mais, porque não quero levar a vida "feliz" que ela pensa que leva. Até que ela tem boa intenção dando aquelas dicas, que me ajudaram um pouco, mas, sei lá, parece que era só uma forma de fugir do problema de verdade.

Depois que comecei a assistir àqueles vídeos até engordei mais, achando que isso era legal, que eu poderia ser feliz sendo gorda.

MAS ISSO NÃO É VERDADE.

Acho que, depois, vou mandar uma foto minha magra pra Thaís. Tomara que ela entenda.

É isso mesmo.

Não vou contar nem mesmo para a Sô; ela foi ótima me trazendo para casa naquele dia, mas se eu contar o que vou fazer é capaz de ela também vir com aquela conversa de que isso é besteira etc.

A partir de hoje eu começo o meu regime, CUSTE O QUE CUSTAR!

UMA NOVA VIDA

— Você está estranha.

Essa foi a primeira frase que escutei quando cheguei ao colégio, e logo da boca da Solange. Mas... o "estranha" dela tinha outro sentido. Não era com a mesma intenção da Valkíria. Para a Sô, eu estava assim por causa do meu comportamento. Cheguei na defensiva, de cara fechada, sem cumprimentar ninguém, nem mesmo os "esquisitos".

Sair de casa já tinha sido um tormento terrível. Na hora exata minha mãe veio me chamar. Ela estava disposta a fiscalizar tudo, queria ter certeza de que eu iria cumprir a minha promessa.

Tomei banho, arrumei o material e escolhi a minha roupa, a primeira de um novo tempo.

Difícil ia ser escapar do café da manhã. Eu estava morrendo de fome, e minha mãe havia caprichado. Tinha pão fresquinho, bolo de milho cremoso, queijo prato, presunto, alguns biscoitos, frutas e mel. A mesa em casa sempre foi farta, nunca faltou nada, mas hoje, se eu pudesse, teria pedido para minha mãe retirar tudo aquilo da mesa.

Foi muito difícil resistir!!!

Se eu contasse que ia começar um regime, aí sim ia ter de ouvir mais discursos. Que não era assim que se fazia, que eu não era gorda etc. etc.

Mas consegui! Tomei só um copo de suco de laranja. Ela achou aquilo esquisitíssimo, mas eu disse que estava com o estômago um pouco enjoado e que não queria comer nada.

Ela me fez levar um lanche que joguei dentro da bolsa. Pensei em dar para o Evandro. Se as coisas continuassem do jeito que eu queria, ele iria começar a receber muitos lanches.

Este primeiro dia da minha nova vida não está sendo nada fácil. Se eu for prestar atenção a tudo o que está acontecendo ao meu redor, acho que posso enlouquecer:

A Valkíria não para de cochichar com a gangue.

O professor está dando uma aula muito complicada e eu não estou conseguindo me concentrar.

Estou tentando não olhar para o Fábio.

Não sei como conversar com a Solange; ao mesmo tempo que ela é minha amiga, faz parte de um mundo que eu quero esquecer.

Mas o pior de tudo é a fome. Não pensei que iria ser tão difícil. Realmente estou acostumada a tomar um café da manhã bastante reforçado. Também não estou me sentindo bem...

Quando começou o intervalo, percebi que eu ia ter de me esforçar mais ainda.

A Valkíria veio me provocar:

— Olha só, a gordinha voltou!

Fiquei morrendo de raiva, mas ignorei. Resolvi ficar sozinha, não queria mesmo conversa com ninguém. Ainda sentia muita vergonha.

Decidi beber água, e isso acabou me distraindo...

Mas estou com muita fome.

ESTÁ DIFÍCIL

Cheguei em casa e comi uma banana. Não estava aguentando mais. Passei o dia sem falar com ninguém, só pensando em comer. Não consegui prestar atenção à aula, nem sei do que se tratava. Acho que a banana não vai me engordar muito, é só uma fruta.

O que eu queria mesmo era brigadeiro, e daquele de colher. Quantas vezes esse doce MARAVILHOSO não melhorou o meu dia?

Mas ele engorda, eu sei.

A banana não, ela é bem inocente...

UMA DECEPÇÃO

26 de maio

Banana engorda!

Nossa, estou morrendo de arrependimento.

Joguei fora o meu dia inteiro de sacrifício.

San, fiquei triste. Acabei de olhar um site na internet, e banana tem um montão de calorias. Aliás, toda fruta tem. Vou enlouquecer. Pensava que fruta não engordava, que era tranquilo.

O pior é que estou com fome e, agora, com sono, muito sono. Vou dormir um pouco.

SERVIU PARA ALGUMA COISA

26 de maio

Dormir foi ótimo. A fome não passou, mas, pelo menos, minha mãe não me forçou a jantar. Ela viu que eu estava dormindo e me deixou ficar aqui. Então, San, pelo jeito não vou poder sair do meu quarto hoje.

O QUE ACONTECEU COMIGO?

– Quer saber o que aconteceu nos dias em que você faltou às aulas?
– O que foi, Solange? – achei que aquela conversa seria uma boa, pois assim talvez eu conseguisse parar de pensar em comer.
A vantagem é que a Sô é uma pessoa normal. Nunca vi essa minha amiga comendo fora de hora ou desesperada por uma barra de chocolate.
– A festa foi um sucesso. Com o dinheiro arrecadado vai dar para se montar a peça de teatro. A professora Sarah colou um cartaz no mural com a prestação de contas e um orçamento do que será gasto. Ela deixou um dinheiro bom para o figurino.
– Isso não me interessa mais.

— Mas, Júlia, não foi pra isso que você se dedicou tanto: juntar o dinheiro para o teatro?

— Repito: não me interessa mais.

— Como assim? Não é normal alguém desistir do que ama tão de repente.

— Solange, lá está cheio de gente de que eu não gosto, que viu o que passei. Não tenho nenhuma razão ou vontade de ficar junto dessas pessoas. Prefiro voltar a estar sozinha, é melhor.

— Mas você está comigo aqui agora.

— É diferente... eu...

DEPOIS DO QUE ACONTECEU COMIGO

9 de junho

San, não me lembro de nada. Apaguei.
Quer dizer, lembro que estava conversando com a Solange, e, de repente, acordei na enfermaria do colégio, de onde não me deixaram sair. Só quando minha mãe chegou, DESESPERADA, eles me permitiram ir embora.
Ela me levou ao médico, DETESTEI, e fez um carnaval. Contou para ele que eu estava estranha havia algum tempo. Eu disse que me sentia bem, só um pouco triste, e ele pediu alguns exames.
Tive de fazer... Mas acho que não vai dar nada.
Minha mãe preparou uma sopa, e eu tomei. Ela colocou uns pedacinhos de pão, mas não comi nenhum. Só tomei o caldo.
Duas coisas boas dessa história:
    1 - ganhei mais um dia para ficar em casa;
    2 - descobri que a água da sopa é gostosa e não engorda.

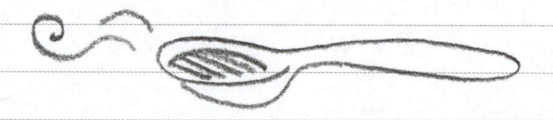

CONTENTE

19 de junho

San, está funcionando, EMAGRECI DOIS QUILOS!!!

NÃO ESTOU CONTENTE

21 de junho

Passei mal na escola de novo, San. Dessa vez foi pior. Também fiquei com uma megador de cabeça. Não desmaiei, mas fiquei sentada um tempão sentindo uma tremenda dor de estômago.
Será que isso melhora algum dia?

PIOROU

23 de junho

San, desculpe, mas não consigo te contar muita coisa, estou um pouco cansada; e triste. Hoje eu chorei.
Acredita que agora a gangue deu para dizer que além de gorda eu sou doente?

Todo mundo está sabendo que desmaiei.

Tiraram outras fotos minhas. Estou curiosa, mas acho melhor não ver o que anda aparecendo naquele site.

Ai, estou com fome, acho que vou roubar um biscoito do Pitoco...

REMORSO

24 de junho

San, não sei o que fazer!

Assaltei a geladeira. Comi tudo o que vi pela frente. Tinha pudim de coco, e eu não resisti.

Estou muito arrependida. Não sei o que fazer.

Vou te deixar, vou voltar para a internet e ver se encontro alguma dica que me salve.

Ainda bem que as férias estão chegando!

VOLTA DAS FÉRIAS

20 de julho

San, senti muito a sua falta. Voltei da casa da prima, sua xará. Foi uma delícia passar as férias com ela. Como é bom poder conversar à vontade. O problema é que a Sandra de verdade se enche de atividades para fazer, MESMO NAS FÉRIAS. Se bem que eu gostei de ter feito uma aula de surfe. Tá vendo? Não sou TOTALMENTE desajeitada como eu pensava. Até que consigo me equilibrar... mais ou menos.

Eu precisava mesmo sair daqui, mudar de ares um pouquinho. Senti muito a sua falta. Até fiquei com vontade de escrever em você, mas tinha tanta coisa para pôr em dia com a San que nem sobrava tempo para fazer os meus "boletins urgentes". No entanto, peguei uns guardanapos bem bonitos em todos os restaurantes a que eu fui para poder escrever neles e colar em você depois.

Ah, sim, isso também foi um problema. Era um tal de me levar para comer em tantos lugares diferentes que eu simplesmente tive que PARAR O MEU REGIME. No começo, fiquei bem chateada, mas o que é que eu ia fazer? Minha mãe ficou contente, afinal eu nunca mais desmaiei nem tive tonturas. Fiquei longe dos médicos e de algumas perguntas que não tinha vontade alguma de responder.

Enfim...

Tinha tanta coisa boa para comer. E o melhor é que lá onde a Sandra mora tem uns sorvetes com sabores diferentes dos daqui, e eu quis provar todos. Fora que minha tia fazia bolo, salgadinho e um monte de coisas gostosas.

A gente até saía para caminhar na praia no fim do dia, mas acho que fiz pouco exercício. Se for me lembrar dos tempos da vovó, quando a gente corria o dia inteiro, subia em árvore, nadava no riacho, não dá nem para comparar.

Lá na praia era um tal de levanta tarde, toma café, conversa, dá uma passadinha na praia, vê os gatinhos (o que era ótimo!), enfim, era um dia cheio de... nada para fazer.

Ainda conheci algumas amigas da Sandra. Umas meninas muito legais. Tinha até uma que era mais ou menos parecida comigo, mas nem toquei em "assuntos desagradáveis". E, pensando nisso, não demorei para me esquecer um pouco das provocações daquelas idiotas. O problema está sendo agora, não sei como vai ser recomeçar com tudo aquilo de novo.

Não olhei mais o site, mas mandava de vez em quando uma mensagem para a Sô, com algumas fotos de onde eu estava e contando o que eu fazia junto com a prima.

Foi só esse o contato com gente da minha escola.

Não pensava no site, nas fotos, nada. Tentei AO MÁXIMO me desligar de tudo.

Ainda bem que eu ainda tenho alguns dias para ficar em casa.

Mas daqui a pouco recomeça tudo de novo...

Inclusive o meu regime. Preciso recuperar o tempo perdido e descobri um grupo de garotas um pouco diferentes. Elas também querem perder peso, e eu vou fazer o que sugerem. Essas garotas dão um monte de dicas, e garantiram que se emagrece bem rápido. Estou com um pouco de medo, mas acho que vale a pena tentar.

Depois te conto tudo...

FLAGRA!

– Júlia, abre essa porta. Já deu o sinal, temos de ir para a sala.
Eu ouvi a voz da Solange, mas não vou sair deste banheiro de jeito nenhum. Estou me sentindo muito mal.
– Anda, Júlia, eu sei que você está aí.
Ergui a cabeça, me levantei e abri a porta.
– Oi, Solange! – não consegui falar mais nada.
– O que você estava fazendo toda trancada?
– Agora preciso te dizer o que eu fico fazendo no banheiro? Tenha dó! – falei, fingindo um sorriso.
– Não é isso, e você sabe do que estou falando. Você estava vomitando. Eu ouvi!
– Que vomitando que nada! Você virou parceira da Valkíria, por acaso? Fica inventando essas coisas sobre mim...
– Você está muito estranha, Júlia. Eu sou sua amiga. O que é que está acontecendo?
Quando ela disse que era minha amiga, não resisti e comecei a chorar. Nossa, eu só choro! Assim não dá. Ela me levou até a pia e me ajudou a lavar o rosto. Ainda bem que não tinha ninguém por ali, todo mundo já havia voltado para a sala de aula.

— É que... — comecei. — Estou tentando emagrecer, e ontem comi demais. Hoje de manhã minha mãe ficou me vigiando enquanto eu tomava café. Tive de comer tudo que ela mandou...
— O que foi? Fala logo.
— Eu descobri um grupo de meninas que comem muito, para matar a vontade, e, depois, para não engordar, vomitam tudo. Quase fiz isso em casa, mas fiquei com medo. Criei coragem aqui na escola. Mas acabou não dando muito certo, não aconteceu quase nada. Só fiquei fazendo força e agora estou meio tonta. Fiquei esperando todos entrarem e vim para cá sozinha, ninguém ia me ouvir.
— A não ser que alguém se preocupasse com você e viesse atrás para ver o que estava acontecendo. Júlia, eu sei o que é isso que você tentou fazer. É um caminho muito perigoso. Tem garotas que morrem por causa disso. Você precisa de ajuda.
— E como é que você sabe? Nunca te chamaram de gorda, de baleia, de porca, de rolha de poço.
— Mas já me chamaram de um monte de outras coisas: cadáver, zumbi, faraó, e nem por isso eu quis mudar o jeito como eu sou — disse ela, me deixando sem argumento. — E olha só para você. Está estranha, parece fraca. Olha só suas mãos... Até tremendo você está.
— Mas você viu o que fizeram comigo, o que o Fábio fez.
— Ele é um idiota. Agora, me diz, adianta ficar passando mal por causa deles? Olha o que você está fazendo! Já desmaiou, foi ao médico, passou mal e agora está tentando vomitar. É isso que você quer para a sua vida?
— Não, eu não...
Foi nessa hora que a inspetora de alunos passou e nos obrigou a ir para a sala de aula, não sem antes dar uma pequena bronca. Minha fama não está das melhores, a professora Sarah

sentiu a nossa falta e mandou me procurar. Acho que ela ficou sabendo de toda aquela história e, sem querer mencionar os nomes, deu uma aula falando que as pessoas precisam se respeitar, que a diferença é uma coisa boa etc. Mas acho que não serviu para quem deveria. A gangue continuou com suas risadinhas.

Imaginei que iria ter problemas quando eu chegasse em casa. Mas o que ficou na minha cabeça foi uma frase que a Solange disse: "Você precisa de ajuda!".

➡ AJUDA!

A TAL DA AJUDA

Voltei ao blog da Thaís. O que a Sô tinha me falado não saía da minha cabeça.

Estou muito confusa e, o pior, com fome! Quando eu havia me conformado em ser gordinha só pensava em comida; agora que resolvi emagrecer, continuo pensando do mesmo jeito, assim não dá.

Minha esperança é encontrar alguma dica da Thaís que me tire do buraco, que me faça emagrecer sem sofrer e ficar feliz, só isso. Será que é pedir muito?

Não estava a fim de contar para ela sobre os meus últimos dias, nada fáceis, no mínimo. Até porque pode ser que ela pense que eu sou uma espécie de traidora.

Fiquei navegando pelos vídeos dela, mas nada que me interessasse. Já havia visto quase todos, e não percebi nenhuma novidade.

Então, olhei os links dela e um em especial me chamou a atenção:

QUER QUE ISSO ACONTEÇA COM VOCÊ?

Ao lado dele, a foto de uma menina muito magra, com os ossos aparecendo; pensei que ela estivesse doente. Resolvi clicar e fui para uma página com o depoimento daquela garota, que dizia o seguinte:

> Eu não sei mais o que fazer. Quero morrer, cansei de causar sofrimento para tantas pessoas. Minha mãe vive chorando, diz que quer me ajudar. Queria que ela parasse de chorar, isso me faz mal, mas não consigo melhorar...
>
> Todo mundo me diz que estou magra, supermagra, magérrima, mas, quando me olho no espelho, só vejo uma menina gorda, feia.
>
> Só de pensar em comer eu me sinto mal. O cheiro da comida, as calorias... fico imaginando aquilo dentro de mim e me sinto péssima. Tenho de tirar tudo imediatamente.
>
> Meus dentes estão estragados, fracos. E até quando eu ainda tento comer meu estômago dói.
>
> Outro dia me falaram que eu estava um pouquinho melhor, que parecia que eu tinha engordado.
>
> Nossa, fiquei supermal. Não consigo me imaginar gorda.
>
> Tomei mais remédio para emagrecer e...
>
> Tentei resistir, mas não deu. Prometi que não ia fazer mais aquilo, mas não teve jeito. Nem preciso provocar mais, acabo vomitando à toa. E depois fico com tanta queimação no estômago que parece que vou morrer.

Sempre achei que se eu fosse bem magra ia poder ser modelo, mas passei a maior parte do tempo doente, e agora acho que já estou velha para começar a carreira. Meu cabelo também está caindo, minhas unhas estão fracas, medonhas. Nem pinto mais.

Minha vida é uma droga, e eu não sei mais o que fazer. Se eu for ao médico ele vai me dar bronca.

Só que não quero engordar, não posso, não vou ser feliz assim.

Para mim, ser gorda é a pior coisa do mundo, preciso caber nas minhas roupas. Não adianta me falarem que estou magra, muito magra, não acredito. São pessoas que querem que eu fique gorda e horrorosa.

Ao final do post havia uma informação de que a garota morrera três dias depois de escrevê-lo. Complicações da anorexia e bulimia. No espaço para recados, várias garotas postaram mensagens de adeus, um horror.

Foi então que entendi o que a Solange disse. Acho que eu estava mesmo precisando de ajuda. Eu não era daquele jeito, não era aquela pessoa, e aquilo NÃO IA ACONTECER COMIGO.

ELA PRECISAVA SABER

10 de agosto

— Mãe, preciso te contar uma coisa.

San, foi assim que comecei a falar tudo o que estava acontecendo para a minha mãe.

Foi beeeem mais difícil do que eu imaginava, mas, depois que comecei, não consegui parar. Eu estava muito mal naquele dia. Não queria ir para a escola, de novo, estava triste, e foi aí que minha mãe apareceu e começou a conversar comigo.

Aos poucos fui falando da gangue, das coisas que elas faziam. Contei do dia no shopping, como senti vergonha por ter me encontrado com elas no provador, das provocações diárias, da Turma dos Esquisitos, das gracinhas...

Eu percebia que ela ia ficando triste a cada coisa que lhe contava, mas a expressão dela mudou quando falei das fotos. Minha mãe quis ver imediatamente. Nos olhos dela dava para perceber que ela estava, no mínimo, indignada, mas acho que não quis passar nada de ruim para mim. Mamãe me abraçou e me deu um beijo.

Chorei um pouquinho; mais de vergonha e raiva do que qualquer outra coisa.

Sabe o que minha mãe fez em seguida? Pediu-me desculpas, acredita? Ela disse que deveria ter prestado mais atenção a mim; afinal não era à toa que minhas notas vinham caindo. Até achei que ela aproveitou aquele momento para me dar uma bronca, enfim... Sempre fui uma aluna normal, melhor em algumas matérias, pior em outras, mas estava mesmo com dificuldade para compreender o que os professores passavam. Não conseguia me concentrar direito e, claro, meu rendimento desabou.

Aí, minha mãe perguntou se eu havia falado com alguém sobre o que estava acontecendo. Respondi que sim, aproveitei e mostrei o blog da Thaís. Só não tive coragem de te mostrar para ela, San. Eu escrevi em você um monte de coisas, principalmente sobre o Fábio, que não quero que ela saiba. A história do beijo eu vou esconder; isso é demais, quero esquecer...

Achei interessante que minha mãe resolveu salvar as páginas das fotografias. Fizemos isso e começamos a procurar um meio de denunciar o site. Encontramos um site para denunciar abusos e mandamos as fotos e o endereço do link.

O melhor de tudo foi que minha mãe disse que eu não tinha culpa de nada. Falei para ela que eu achava que era mesmo gorda e feia, mas ela me disse que era mentira, que eu não deveria acreditar em nada daquilo e que ela me amava muito.

Sabe que me senti muito melhor depois que eu contei a história toda, San? Agora, pelo menos dentro de casa, sei que estou protegida, que vou poder contar com meus pais. Era mesmo o fim eu ter de ficar me escondendo de todo o mundo: na sala de aula, no banheiro, no meu quarto...

Só agora que consigo perceber isso. Que coisa complicada, não é?

Mas vamos ver aonde isso vai dar. Espero, sinceramente, que eu não entre em maiores confusões. Minha mãe imprimiu as fotos e saiu do quarto dizendo que eu poderia confiar nela.

Eu confio, San, mas continuo com um medo que não passa...

ABRINDO O CORAÇÃO

SANDRA:
Você deveria ter me contado tudo antes.

JULINHA:
Não tinha coragem, San. Mas, agora você já sabe de tudo, pronto. Você leu o blog que eu te falei?

SANDRA:
Li. Fiquei com pena da menina, coitada, parecia uma caveira. Horrível. Como é que ela podia se achar gorda? Era doença mesmo. Bem, espero que você tenha parado com esse absurdo.

JULINHA:
Estou me esforçando ao máximo. Falei com a minha mãe e foi muito bom. Se eu soubesse tinha falado antes.

SANDRA:
E o que foi que a tia fez?

JULINHA:
Levou tudo para o colégio. Fiz como o Evandro, fomos num horário diferente, porque eu não queria que ninguém me visse, e conversamos com a diretora.

SANDRA:
Nossa, acho que eu ia ficar com medo também.

JULINHA:
É, eu achei tudo meio estranho, mas, com a minha mãe ali, me defendendo, tive coragem de contar tudo o que vinha acontecendo. Até o depoimento daquela modelo que morreu minha mãe mostrou para a diretora, que concordou que o assunto é mesmo muito sério.

SANDRA:
Será que aquela garota não teve nenhuma ajuda?

JULINHA:
Acho que ela não conseguiu procurar, sei lá. Vai ver que ela não tinha nenhum amigo. Existe muita garota assim, meio perdida.

SANDRA:
Mas, Ju, você não tem nenhum problema. Pare com isso. Só por causa de umas garotas idiotas você quer acabar com a sua vida? Eu, hein?! Agora, deixa eu te contar uma novidade... Estou namorando!!!

ALGUMAS MUDANÇAS

5 de setembro

San, demorei a falar com você – quase um mês, não é? –, mas voltei cheia de novidades. Algumas coisas meio tristes eu não quero escrever, mas... quero te dizer que estou melhor, BEEEEM melhor. Vim aqui fazer uma lista muito legal, foi uma dica que a San, a de verdade (kkkkk), me deu.

Veja só:

QUEM GOSTA DE MIM	QUEM NÃO GOSTA DE MIM
Mãe	Valkíria
Pai	D
San	T
Sô	Um monte de gente que não tem o que fazer na internet, nem coragem para se identificar.
Thaís	
Meus primos	
Avós, Avôs	
Tios e tias (um monte)	
Evandro (até ele)	
Os professores, principalmente a Sarah.	
E esta lista está crescendo dia a dia.	

Não entendi ainda por que a gangue e os outros querem me prejudicar, eu nunca fiz nada para eles. Aliás, tenho achado a gangue um pouco estranha. Como sou experiente em matéria de choro, sei que a bruxa da Valkíria andou chorando. Só não sei o porquê. Será que ela terminou com o Roger?

Bem... A Sô falou para eu pensar nas coisas bacanas que as pessoas me falam, porém, na minha cabeça, vira e mexe, fica a voz irritante daquela menina me chamando de gorda. Mas tudo bem, vou conseguir superar. Um dia, me livro dela de vez.

Queria também colocar o nome do Fábio na lista das pessoas que não gostam de mim, mas não posso mais. Aconteceu uma coisa muito interessante, e eu meio que perdoei o que ele me fez. Vou te contar o que foi.

Assim que retornei para a escola, depois de ter ido ao médico e tudo o mais, voltei com medo de não conseguir aguentar as provocações.

Mas, claro, aconteceu algo inesperado no colégio. Eu estava no pátio junto com a Sô, quando o Fábio chegou e me perguntou:

– Posso falar com você?

A Sô reagiu e quis me defender, mas ele insistiu:

– Eu queria pedir desculpas. Deixe-me explicar, por favor.

Eu não estava com muita vontade de ouvir, achei que

poderia ser outra encenação, outro truque dele, mas o Fábio garantiu que não, que estava ali porque "precisava" falar comigo.

— Júlia, eu não queria te magoar. Juro que não sabia que a Valkíria estava fazendo aquilo de propósito, pensei que fosse somente uma brincadeira, um jeito de ganhar dinheiro, sei lá, tipo correio elegante de festa junina. Nem desconfiava de que você era BV. Eu sou um cara legal e não quero que você tenha raiva de mim.

Estava achando toda aquela conversa um pouco furada. Correio elegante? Até parece... Na hora, eu disse que ia ver, mas estava muito magoada. Não queria que o meu primeiro beijo tivesse acontecido daquele jeito.

Agora, pensando nas coisas boas...

A professora Sarah me chamou OFICIALMENTE para a peça de teatro, disse que precisava MUITO de mim para cuidar dos figurinos e até ser assistente de direção dela. Eu ADOREI, parei de enrolar que ia participar e aceitei o convite! E vou te contar um detalhe fundamental que influenciou na minha decisão: o Fábio disse que não ia participar naquele ano, pois não queria me magoar. Quando fiquei sabendo, pedi para a Sô dizer para ele que não me incomodaria se ele participasse da peça.

Ele apareceu na primeira leitura do texto, mas antes pediu desculpas para mim NA FRENTE DE TODO MUNDO. Falou que estava arrependido de ter participado daquela brincadeira e queria muito ser meu amigo. Acho que o discurso da professora Sarah naquele outro dia acabou sendo importante.

Achei legal, mas vou tomar cuidado com ele até eu ter CERTEZA de que o Fábio está sendo sincero de verdade.

Ah, sim, e estamos ensaiando pra valer! Já arranjei algumas roupas e estou testando no elenco. A peça, este ano, vai ser SENSACIONAL.

MAIS UMA BOMBA!

— Você ficou sabendo da novidade? — disse a Solange assim que eu botei o pé na escola. — Seus problemas terminaram.
— Como assim? — perguntei.
— A Valkíria vai mesmo sair da escola.
— Não entendi.
— Pois é, os pais dela acabaram de se separar. Foi uma coisa supercomplicada, está todo mundo falando, já está na internet. O problema vem se arrastando desde o ano passado, mas agora estourou de vez. Parece que você não foi a única vítima das brincadeiras sem graça da gangue. Tem umas fotos dela, olha só.

A Sô me mostrou uma foto que tiraram da família dela no dia da festa na escola, riscada com um imenso X vermelho e com a frase embaixo: "Adeus, família feliz". Ao ver aquelas fotos, não fiquei exatamente contente, vingada, porque me lembrei da sensação horrível que é ver suas fotos alteradas na internet.

— Eles já venderam a casa, a mãe vai ter de se mudar de cidade, ir para outro lugar mais barato, porque eles não têm mais dinheiro para pagar aluguel.

— Bem feito! — eu falei, me lembrando da cara de choro daquela cobra.

Deu o sinal e nós fomos para a sala. Eu entrei, e a cadeira dela estava vazia. A D e a T me olharam em silêncio, sem risinhos. Eu me sentia bem, a classe parecia mais leve. Foi só então que percebi tudo o que havia no canto da Valkíria. Eu evitava olhar para o lado em que ela se sentava. Notei que a tinta da parede estava meio descascada e havia um pôster ali com a tabela periódica.

E foi observando tudo aquilo, com calma, que olhei para o Evandro. Ele sorriu pra mim e eu sorri de volta. Aquele sorriso significou muita coisa. Sim, o tique nervoso dele me incomoda bastante. Mas o garoto não é só aquilo. É um cara legal, e as pessoas gostam dele; mais do que de mim, por exemplo. O Evandro sempre ficou do meu lado, me ajudou. Sendo bem justa, o Evandro até já colocou o meu nome em trabalhos de que não participei pra valer. Acho que faço com ele um pouco do que fazem comigo, mas isso vai mudar. Vou tentar ser mais paciente... Ele é um bom amigo. Acho que vou aceitar a dica da Sô e vamos formar o time dos Esquisitos para brincar no intervalo!

Acabou a Valkíria, estou livre dela. Ela não está mais na sala. Minha mãe me disse que a diretora chamou os pais dela para conversar. Será que isso teve alguma coisa a ver com a briga na casa dela? Aquela família que me parecia tão perfeita, bem... pelo jeito não era.

"Eu estou livre da Valkíria", não consigo tirar esse pensamento da cabeça. Mas... Se eu estou mesmo livre, por que é que não consigo parar de pensar nisso?

VAI ABRIR A CORTINA!

San, não podia deixar de contar essa novidade. Estou aqui escondidinha no teatro, torcendo para tudo dar certo. Acho que estou mais nervosa do que os atores, que vão ficar lá, na frente de todo o mundo. A professora ADOROU os meus figurinos. E eu também. Já vi que meus pais estão na plateia, e estou muito contente. Depois escrevo direto em você! Ai, como estou TENSAAAAAAAAAAAAAAAAAAA!!!!!!!!!!!!!!!!!!!!!!!!!!!

ESTOU FELIZ?

22 de outubro

San,
Quando a peça acabou, sabe quem veio me abraçar primeiro? A Solange e o Evandro. Nem acreditei. As pessoas começaram a aplaudir, a professora Sarah me chamou para ir ao palco... Nossa, eu chorei (para variar), mas foi de alegria. Tá bom, não foi um choro exatamente, só algumas lágrimas.
Então, de repente, meus amigos apareceram e me deram um cartão superbonito dizendo que tinham adorado a peça e, principalmente, os meus figurinos.

O Fábio também veio me dar um beijo — no rosto, é ÓBVIOOOO —, e eu deixei. Vamos ver como ficam as coisas daqui pra frente.

Deu tudo certíssimo na peça: ninguém esqueceu o texto, a música entrou na hora certa (nos ensaios sempre entrava um pouquinho depois) e todos riram muito.

Adoro fazer comédias. Drama tem muito problema, e já me chegam os que eu tenho.

Estou feliz, de verdade, sem dúvida alguma, e quero me sentir mais desse jeito.

Ainda bem que amanhã tem outra apresentação, e eu não vejo a hora de começar!

Vou dormir agora. Beijo!

E AGORA?

5 de novembro

San, a Valkíria foi mesmo embora da escola.

Acredita que fiquei com pena porque os pais dela se separaram? Pois é, eu me lembrei da situação aqui em casa, mas agora os meus estão se dando bem de novo. Voltaram até a se beijar, meio discretamente, mas estão se beijando.

Tá bom, vou contar logo a novidade, minha mãe está grávida.

Não acreditei de cara, mas, pelo jeito, VOU GANHAR UM IRMÃOZINHO. Tomara que seja um menino, vou preferir. Menina enche muito!

Meu pai está bem contente também; aliás, parece que todo o mundo está feliz. Minha mãe perguntou se eu posso ajudar com o enxoval, e, CLARO, vou fazer umas roupas lindas para o bebê.

Não vejo a hora, não é engraçado? Até para o Pitoco sobrou alegria. Eu peguei uns retalhos lá no teatro e fiz umas roupinhas novas para ele, está superfashion.

Bem, a Valkíria ainda está no meu pensamento. Não sei QUANDO nem SE irei me livrar dela. Ela me magoou muito. Não será de um dia para o outro que me esquecerei de tudo o que me foi feito. As palavras dela ainda aparecem quando vou me vestir ou comer. Mas, com o tempo, tenho certeza de que irei melhorar. Queria saber o que foi que ela ganhou fazendo tudo o que fez comigo. E se fosse o contrário? E se tivesse sido com ela? Será que ela iria conseguir perceber que não é legal humilhar uma pessoa todos os dias da vida dela?

Sei lá!

Nunca mais fiz nenhuma daquelas besteiras. Já aprendi a comer melhor e, por causa do bebê (principalmente), minha mãe mudou algumas coisas aqui em casa. Agora tem mais legumes, verduras. Até aprendi a comer brócolis; não vou dizer que é a melhor coisa do mundo, mas eu pico bem picadinho no meio do arroz e como, pronto. Já estou me acostumando e, não vai rir de mim, até gostando.

E emagreci sim, estou me sentindo bem. Acho que vou continuar assim: pensando nas coisas de que gosto, saindo com meus amigos (resolvi sair mais com a Sô), vendo os vídeos da Thais (alguns são bem engraçados, não tem só reclamação), curtindo as alegrias dos outros (a San adora o namorado, não aguento mais ver as fotos dela com ele na rede social) e fazendo teatro.

Estou feliz porque tenho muitas razões para isso, inclusive você, San, o meu "querido diário" que tanto me ajudou, e vai continuar assim.

Ainda tenho um montão de coisas para te contar. Assim que as aulas acabarem ficarei mais tranquila para te colocar em dia. Aguarde os próximos capítulos. Beijo e até já!

FIM

O AUTOR

Vou lhe contar um segredo: eu sempre estive "um pouquinho" acima do peso, mas não ligo se você me chamar de, digamos, gordinho. Entretanto, tem gente que se incomoda. Ninguém gosta de ter um apelido daqueles que só servem para nos provocar, não é? As palavras têm um poder muito grande e é importante pensar em como usá-las. Eu gosto de empregá-las para inventar histórias. Adoro viajar e, toda vez que faço isso, conheço pessoas interessantes, hábitos que nunca vi e vou aprendendo, cada vez mais, a entender que o diferente pode ser bastante legal. Também uso as palavras para fazer música – já gravei dois CDs –, atuar no teatro e escrever livros. Até já ganhei um prêmio bastante importante, o Jabuti, de literatura. Aqui, pela Panda Books, publiquei o *Meu avô português* e *Vovô não gosta de gelatina*. Se você quiser saber um pouquinho mais sobre mim, basta acessar o meu site: http://manuelfilho.wix.com/manuel-filho.